遠藤周作
神に問いかけつづける旅

菅野昭正［編］

慶應義塾大学出版会

遠藤周作　神に問いかけつづける旅　目次

遠藤周作　神に問いかけつづける旅

西欧と日本のあいだ

「神」をめぐって　文化風土をめぐって

菅野昭正

いつの頃からか、遠藤周作氏の作品を読むたびに、重い十字架を背負って歩む人の姿を思い描くようになりました。

申すまでもないことながら、それは遠藤氏がカトリック作家であったからです。しかし、カトリック作家であるからといって、その作品が十字架のイメージと結びつくわけではありません。たとえば、遠藤氏が傾倒したフランソワ・モーリヤックの小説は、私もその昔かなり集中的に読んだ時期がありますが、カトリシスムの領分を超えて、二十世紀前半のフランス小説を代表する作家のひとりとして、高い評価を集めたこの人物の背景に、十字架の影がちらついたことなどありませんでした。

遠藤さんの作品は（『おバカさん』のようなエンターテイメントふうの小説や「狐狸庵随筆」は別として）、刊行からあまり遅れずに読んできました。もうすこし言いそえれば、遠藤さんが小説家として登場する以前、ということはフランスに留学される以前、批評・評論の活動に携わっておられた時期から、おそらくまだあまり数多くない読者の端くれに私は連なっていたのです。

きっかけとなった著作は「堀辰雄覚書」（一九四七年）です。堀辰雄はいまや忘れられた（もしくは忘れられかけた）小説家となったようですが、一九三〇年代後半から一九五〇年代まで、とりわけ若い文学読者にとって無視すべからざる存在として、ひろく熱心な支持を集めていました。その頃、私も『風立ちぬ』、『菜穂子』の小説的な洗練に惹かれて精読に努めたばかりでなく、その興趣を自分で発見したと思いこんでいましたが、しかしいま顧みるに見えない流行の波に乗せられていたにすぎなかったのかもしれません。いずれにしろ、堀辰雄が仲立ちとなって、遠藤周作という名を知ることになったのでした。

そういう経緯はあったものの、「堀辰雄覚書」は率直なところ、さほど擢《ぬき》んでた論考とは思えませんでした。まず用語が難解であったし、全体の論旨も抽象的な論義に傾きすぎている印象を拭えないように思われました。それというのも、当時カトリシスムの神学・哲学の研究を先導していた吉満義彦の思想の影響を、遠藤さんがずいぶん深く受けていたからではないか。年譜によると、遠藤さんは慶應の学生時代、吉満義彦が舎監を務めていたキリスト教の寄宿寮に居住していたということですが、この先達の謦咳に親しく接する機会は多すぎるほどあったにちがいありません。それが「堀辰雄覚書」に反映して、小説を論じるのにふさわしくない哲学的論考の方向をたどる結果になったといっても、あながち見当はずれではないはずです。

遠藤さんがカトリック教徒だと知ったのも、この堀辰雄論を通してでした。私は信仰を持たず宗教とは無縁の徒として生きてきましたが、しかし仮にもフランス文学に関わっているとなると、キリスト教、なかんずくカトリックにたいして素知らぬ顔で過ごすことなどできません。〝教会の長女〟などと言われたりもするフランスにおいて、長いあいだ培われてきた文学の表面にも裏面にも、カトリックの教義は有形無形に滲透しています。その事実を前提にしない限り、フランス文学を相手どる評論にせよ研究にせよ、欠陥や不足が生じるのを防ぎようがありません。ある時期まで、遠藤さんが関心を寄せていたマルキ・ド・サドのような、驚天動地の背教の作品が出現するのも、カトリックの威信が動かしがたい鉄壁さながら、国家と社会の枠組を支えていたからです。壁が堅固であればあるほど、それを叩きこわそうとする側のエネルギーも、理不尽なほどまで高ぶったとしても不思議ではないでしょう。

サドは十八世紀の超越的な異端の徒でしたが、第二次大戦後のフランスで、あらためて一部の知識人のあいだで白熱した論義の的になった時期があります（それ以前にも一九三七年から三八年にかけて、ジョルジュ・バタイユ、ピエール・クロソウスキーを中心にして結ばれた

《社会学研究会》と称するグループで、論題に取りあげられたことがあったようです）。遠藤さんがサドに注目したのは、たぶんこのサド復活ともいえそうな気運に促された面が大きかったろうという気がします。

話がすこし逸れたようですが、もう一度カトリックの威信の支配力というところに戻ることにします。十九世紀の末期、ライン河の向う側から聞えてきたあのニーチェの声高な宣言は、フランスにもそれ相応の反響を呼んだにちがいありません。また、二十世紀の初頭（一九〇五年）、国家はいかなる宗教も政治に関与することを認めないと規定する《政教分離法》が公布されるという歴史的事実もあり、二十世紀になってカトリックの威信は低下こそしたものの、もちろん消滅したわけではありません。いずれにせよ、そうした過渡期の局面にはいったせいで、宗教（あるいはカトリック教）を根柢から検証し直すとか、あらためて神とは何かと問いかけるとか、信徒の前に、そうした等閑《なおざり》にできない問題が差しだされる事態が、発生したことを忘れるわけにはゆきません。カトリック作家であるとみずから認めたとき、遠藤さんはその難局を明確に意識せずにいられなかったであろうと想像されます。

それと密接に関係する事柄ですが、遠藤さんが入信された事情をここでふりかえっておきたいと思います。よく知られているとおり、遠藤さんはご自身の意志的な選択によって、カトリックの教徒になったのではなく、ご家族の希望にしたがって洗礼を受けられたのです。小学校の高学年、十歳から十一歳のときだったそうですから、幼児洗礼とは言いにくいでしょうが(少年洗礼?)、そんな呼称はともあれ、そのときカトリックの教義や神について、あれこれ思索を凝らす叡智《えいち》はまだ育っていなかったと推断しても、非礼を犯したことにはなりますまい。

遠藤さんが教徒であることをいつ自覚するに至ったか、その時期は特定できません。だが、批評・評論を志したごく初期に書かれた「神々と神と」には、日本人としてカトリック教徒であるのはどういうことなのか、難しい考察の場に踏みこまなければならないという心構えを、たしかに読みとることができます。

古来、わが国では《八百万《やおよろず》の神》などと気軽に言いつづけてきました。天照大神のような本格的な神話の頂点に位する神の下で、山野のいたるところに神が宿っていました。そればかりでなく、文事に卓越した才智を発揮するとか、また対照的に武の領分で傑出した能力を誇示するとか、その生前に尋常な人間の標準を大きく上まわった人物が死歿すると、前者つまり文のほうは《天神様》として追慕され、後者つまり武のほうは《権現様》となって尊崇されたりします。要するに人間が神に変現するのですから、《八百万》はさらに無限にひろがる道理をふくんでいます。

遠藤さんは自分がカトリック教徒であることを意識しはじめたときから、こうした〝至るところ神在《あ》り〟という日本古来の無辺際の宗教的慣習と対峙しなければならないことになったのでした。〝至るところ神在り〟——この日本人の「汎神論的精神風土」の問題が、遠藤さんの作品に、いろいろ変奏をくわえて何度となく前面にあらわれる事実は、なにもここで贅言するまでもありません。至るところ《神々》が遍在する風土が避けようのない難問となって迫ってくるのは、世界を創造し統轄する唯一絶対の《神》に信従するカトリックの教義と、厳しく対立するものであるからです。

これまた事々しく言いたてるまでもなく、カトリックの原義は「普遍」ということを意味します。その原義どおり普遍的な教えであるならば、「汎神論的風土」という「特殊」に覆われた日本においても、カトリックは本質を微塵も歪められずに伝道されるものなのだろうか。「神々と神と」なるエッセイの題名が、すでにそれとなく告げているように、遠藤さんのなかにはそういう疑念が動いていたようです。そこには、矛盾があり、葛藤があり、対立がある——遠藤さんの考えた答えを要約するならば、そんなふうにいっても大過ないはずです（『留学・第一章　ルーアンの夏』（一九六五年）に登場するカトリック信徒の工藤という学生は、「私の国には基督教が結局はその根を腐らしてしまう風土があるのだ」と思いつめたりしますが、遠藤さんの考えはそこにくっきり投影されています）。

これは異境の地に布教の根をおろそうとする場合、カトリックといえども土着化は防ぎとめられないのではないかという、信徒にとって回避しがたく、しかもたいへん切実な問題です。しかし、だからといって信仰がゆらいだり、もっといえば棄教を思案したりするわけではない。そうではなく、矛盾、葛藤、対立の重荷を背負いながら、苦痛や不安の渦のなかに巻きこまれることになるのです。そして、苦痛や不安が渦巻くなかで、「神」に問いかけ、救いがどこにあるか神の導きを希求するという道程を辿ることになるのでしょう。遠藤さんがカトリック作家として探究の旅に踏みだした出発点の標識は、そこに立てられたとみなして差しつかえないはずです。

もうひとつ、神々が種々あちこちに遍在するがゆえに、人々が神様とすぐに融和しやすい日本の風土では、罪を犯したとしても、その意識はどうも希薄になりがちだということがあります。その上また、生誕以前からといってもあながち誇張ではないほど、人間はそもそも生まれながらに《原罪》を負わされているという、キリスト教の基本的な教えにしても、日本人の心性にそのまま適合するかどうか、ただちに答えにくいところがあります。そういう具合に、《原罪》にまで及ぶ罪の問題も、出発点に立ったときから、遠藤さんの前に立ちはだかっていたであろうと無理なく推察することができます。

もう一度ここで強調しておきたいと思うのですが、遠藤さんの作品にとっていわば骨格の役を果たしている矛盾、葛藤、対立と名づけるにふさわしい状態は、「神々」と「神」との疎隔からはじまったのは明々白々であるものの、そこだけに止《とど》まっているものではありませんでした。いささか図式的な言いかたになりますが、どういう間柄にせよ、二人の個人もしくは二つの集団のあいだで、矛盾、葛藤、対立が白熱すればするほど、そこには波瀾にみちた劇的な緊張の高まりが見られるものです。遠藤さんはその法則に似た事実をよく知っていました。そして小説家として、矛盾、葛藤、対立をカトリックの厳格な一神教の精神風土と、日本の汎神論の緩やかな精神風土のあいだの問題に限る方途を選ぶことはしませんでした。もうすこし広い範囲にそれを押しすすめたのです。

たとえば、芥川賞の受賞作（一九五五年）となった『白い人』は、カトリックの気圏の内側で、その種の圧力に翻弄されたあげく、悪の誘惑に進んで身を任せるかのように、背教的な行動へと意図的に赴く学生に、「私」のその歪んだ半生を語らせる形をとっています。けれども、「私」の胸の底には苦痛が疼いていないはずがないし、そもそも「私」が神に背を向け善を踏みにじる行状を繰りかえす源には、生まれながらに斜視というコンプレックスがあるからです。

こうして、「私」は容貌の醜さの「辛さ」に耐えて篤実に精励する神学生と論戦したり、遂にはナチスの「秘密警察部」の通訳を務めたりすることになります（「白い人」の舞台はフランス・リヨン、第二次大戦中リヨンはドイツ軍の占領下に置かれていました。「私」の語りがはじまるのは一九四二年、一月二十八日ということになっています）。神のみならず国家にまで背反の罪をあえて犯した「私」のなかにも、よしんば小説の前面にあらわれていないとしても、深刻な苦悩や痛切な悲哀がひそかにわだかまっているのを見過してはなりません。こんな背教と悪の泥にまみれた人間にたいしても、「神」は愛と許しと救いを差しのべるのか。遠藤さんの小説は、そういう問いかけを中枢にして書かれているのです。

『白い人』の対部に相当するような形で書かれた『黄色い人』は、なにごともすべて相対化してしまう「汎神論的風土」のもとで生きる日本人にとって、絶対者であるキリスト教の神を信じることができるのかという、重大な問いかけを底流させています。ここでは、小説の時間は一九四四年十二月、太平洋戦争も末期に近づき、米軍機による本土空爆が激しくなった時期に設定されています。舞台は兵庫県・仁川《にがわ》町。幼児洗礼を受けてカトリックの信徒となり、いまは医学部の学生ですが結核に罹患している青年が、ブロウというフランス人神父に宛てた手紙と、八年前に日本人女性（名前はキミコ）と姦淫の罪を犯して司祭の聖職を剝奪された、やはりフランス人の元神父デュランの日記とが、交互に配置される形式で書かれています（全七章）。日本人の青年は二年前から従妹《いとこ》と性的な関係をつづけ、しかも糸子というその女性は彼の友人の婚約者です。十二月のある夜、ふとした偶然で彼はデュランの家を訪ね、デュランがブロウ神父の拳銃を預かっていることを知ります。敵性外国人という単純な理由によって、警察の隠密な監視を受けているのを察したブロウ神父は、拳銃不法所持の廉《かど》で逮捕されるのを怖れてデュランに預けたのです。そうそう、教会を追放されたとき以来、デュランはブロウ神父の金銭的な支援があって、辛うじて生計を立てていることも書きそえておかねばなりますまい。ところが、路傍で刑事に尋問されたり、さらにまたとつぜん訪ねてきた千葉（これが医学生の姓）の口から、刑事が家を見張っていると告げられたりして、デュランはひどく狼狽します。そして数日後、ブロウ神父が不在の時刻に司祭館に忍びこみ、書斎に拳銃を隠すという盗賊まがいの行為まで犯すことになります。そればかりか、同棲する日本人女性キミコに唆《そその》かされて、ブロウ神父が拳銃を所持しているという密告の手紙を、警察宛てに送る姦計まで弄することになります。

その結果、クリスマスの日の朝、ブロウ神父は憲兵に逮捕され収容所に拘引されます。一方また、その日の夕刻、糸子の許婚者の佐伯が（飛行隊に入隊中でしかも特攻出撃を予定されている）、一日だけ休暇で帰省してくるはずになっている午後、千葉青年は自室で彼女と会っています。折も折、空襲がはじまるなか、デュランが「日記」を入れた紙包みを（「ブロウに渡してください」と書きそえてありましたが……）垣根ごしに投げこんだのに気がついて、千葉青年は庭へ出てゆきます。が、その途端に至近弾が落下、デュランは路上で即死します。糸子は爆風のせいでベッドから落ちて床に倒れています。生死についてはっきり述べられていませんが、死亡と推測しても誤りではないでしょう。

それが、『黄色い人』の結末ですが、冒頭(I)の章のそれも第一行に「二時間前のあの爆撃」とありますから、典型的な循環形式の小説になっているのが分ります。ひとまずそれは扨《さ》ておくとして、ここにはいくつか難点が数えられるのも、やはり見過ごしてはならないと思われます。筋立てを概括しておそらく誰しも気づくのは、挿話的な細部が（細部といっても小説の運びの上で大事な要所ですが）、都合よく作られすぎていることです。たとえば、デュラン神父がキミコと関係を生じて、棄教の境涯に転落する一件がそれに当ります。司祭の地位にある聖職者が、たとえ親身に同情したにしても、こんなふうに簡単に姦淫の罪を犯すのはどうも不自然に感じられてなりません。また、真面目で品行方正な女子学生らしい糸子が、従兄《いとこ》とはいえ千葉青年の誘惑に素直に応じるのも、読者としてはあっさり承服できかねる部分です。さらにまた、最後をわざわざクリスマスの日に選んだ上で、悲劇的な出来ごとを配置してゆく終りかたも、作意が目立ちすぎる印象を拭えないものがあります。小説が虚構の場で組立てられるものであればあるほど、過剰な作意は避けなければならないし、細部は真実らしさで装われていなければならない。それが虚構の小説に課せられた必須の条件であるとすれば、『黄色い人』はその条件をかならずしも十分に充たしているとは認められない気がします。

しかし、このような欠陥をあげつらうだけでは、なんの役にも立たない。というのも、小説を動かす遠藤さんの筆が、これでもかとばかり作意を過大にふくれあがらせる方向に向かうことになったのは、これだけはぜひ書いておかねばならないという主題の圧力に、強力に先導されつづけたからです。例をあげるならば、千葉青年と糸子の関係がそれに当ります。二人のあいだに愛があったかどうか、その点について小説はほぼ沈黙するばかりです。従兄・従妹の性的行為は近親相姦の禁忌《タブー》には触れないのかもしれませんが、女性のほうには軍務に服している婚約者がいるのですから、愛なくしてただ若い欲望に動かされてだらだら関係をつづけるのは、やはり不自然と指摘せざるを得ないところでしょう。まあ、二人とも疚《やま》しさを感じたり、自責の念に多少とも駆られていたりしているのかもしれませんが……。

二人をそういう地点に留めつづけているのは、そこにおいて小説の切実な主題が露頭してくるからです。日本人が漠然と浸っている精神風土・文化風土にあっては、西欧キリスト教の説く罪の意識は発生しないのではないか。当該の日本人がカトリック信徒であっても、もちろん変りはありません。また、「神」に背を向けていると曖昧に感知していたとしても、だからといって、世界のすべてが意味を失う西欧まがいの虚無の感覚に、悩まされたりもしないでしょう。実際、千葉青年はブロウ神父への長い手紙のなかで、こんなふうに包み隠さず告白していますーー「黄色人のぼくには、（……）あなたたちのような罪の意識や虚無などのような深刻なもの、大袈裟なものは全くないのです。あるのは、疲れだけ、ふかい疲れだけ。ぼくの黄ばんだ肌の色のように濁り、湿り、おもく沈んだ疲労だけなのです。」ーー『黄色い人』の最も重い主題のひとつを、遠藤さんがここに凝縮させているといっても過言ではないでしょう。

もうすこしこの話題をつづけることになりますが、神に背き教会から離れて以来、神のくだすはずの刑罰を怖れながらも、「瞬時も神を忘れることはできなかった」と日記に書くデュラン元神父は、あの拳銃の件で恩義あるブロウ神父を裏切ったと懊悩しているとき、キミコはまったく無感動でこれといった反応を示しません。そして「なぜ、神さまのことや教会のことが忘れられへんの」と呟いたりさえします。そんな一幕を経たあと、元神父は「今日はじめて私は異邦人の（つまり神を知らざりし者達の）倖せを知った」と、驚きと皮肉をこめて記すことになります。このあたりの顚末は主題に合わせて作りすぎていると、もう繰りかえすまでもないでしょうが、ここでもやはり、西欧キリスト教の風土とは離れた境域で足踏みしている日本の精神風土に、過剰なほど照明が当てられているのは疑う余地がありません。だが、翻って考えてみると、千葉青年も糸子も（そして「馬鹿な女」と居直ったり、同棲する男を助けたい一心で恩人を裏切る密告を勧めるキミコでさえも）、カトリックの教えになにか違和を感じたり、自分の本来の心性とどこか矛盾するものを意識し、そこで苦痛や不安になにほどか苛《さいな》まれているのは、これまた疑う余地のないことです。そう考えると、なるほど堅苦しい図式的な力業の跡は消しがたく残されているにせよ、懸案の主題をひとまず提出することができたと、作者は信じていたであろうと推量したくなるのも事実です。

『海と毒薬』（一九五八年）は周知のとおり、太平洋戦争の終局が近づいた一九四五年二月、九州（帝国）大学医学部の病院で強行された米軍捕虜を生体解剖する事件から、発想の源を汲みとった小説です。だからといって、凄惨なこの事件に粉飾をほどこして作りあげたわけでもないし、当事者をモデルにしたものでもない。事件の経過のあらましに基づいているけれども、『海と毒薬』はしかし全篇にわたって、慎重な虚構の工夫を凝らして組立てられています。それでは、こうして展開される小説の中心に、作者はどのような主題を据えつけようとしたか。

遠藤さんの小説はほぼすべてがそうであるように、『海と毒薬』においても、主題は見誤りようのない明確なかたちで打ちだされています。曰く、人間を生きながら解剖するというあるまじき医学的な行為に関わった人間の内面には、どのような痕跡が残されるのか。その精神的外傷《トラウマ》はどんなふうに発現するのか……。そう理解した上で、当事者が日本人である場合と書きそえなければならないでしょうが……。

解剖を実行した医学者とその周辺の人物は幾人も数えられますが、執行の現場で助手の役を務めた二人の医局員のケースが小説のいわば主軸となっているので、ここでは勝呂《すぐろ》、戸田と名づけられた二人のなかにわだかまる感情の起伏を、ざっと見ておくことにしたいと思います。

生体解剖が予定されていた日の前夜、二人は参加を断ることもできたのになぜ断らなかったのかと問答したり（答えはありませんから、上司の命令になんとなく従ったということになるのでしょう）、「神」はあるのかという疑問を発したりします。これは戸田が口にする思案ですが、〝もし「神」があるならば、人間は自分に降りかかる「運命」から自由になれるだろうに〟という意味あいの言葉もあります。勝呂のほうは解剖のあと激しい吐気を催したり、これで「人生をメチャにしてしもうた」とひとり心のなかで呟いたりして、沈痛な悔恨の情に襲われますが、それは自分の将来についての不安であって、倫理的とか宗教的といった罪責感と異質のものであることは否めません。

ところが、戦後まだ間もない頃、東京郊外の新開の住宅地で勝呂は医院を営むことになります。腕は立つと評判は悪くないのですが、口数は極めて少なく患者と接するのを厭《いと》うような態度ばかり目立つ閉鎖的な医師として近隣の人々から奇異の眼で見られていました。一言でいえば、極度のニヒリストとでも呼ぶのが適切かもしれません（この彼の戦後の生きかたの話題は、第一章つまり冒頭で扱われており、小説はそのあと過去に溯及して、戦時下の病院の場面に移ってゆきます。要するに、冒頭の部分についていえば、時間的な順序を逆にした構成になっているということになります）。

一方、戸田のほうは一人称（ぼく）による回想の形式で書かれ、小学生の時期から解剖への「参加」を承諾する瞬間まで、いってみれば自己反省史の記録のような形をとっています。いい子ぶった偽善的な小学生時代、中学生のとき、めずらしい蝶の標本を盗んだ自分の悪行が或る無実の生徒の所業にされた事件、高校生の頃、有夫の従姉《いとこ》と姦通した夜のこと、大学生だったとき、雇っていた「女中」を妊娠させ掻爬までさせた一件などが、告白ふうに回顧されてゆきます。当然それ相応の悔いを残してしかるべきこうした過去について、戸田は多少の後ろめたさくらい覚えはするものの、「心の苛責《かしゃく》」とか「罪悪感」は感じなかったというのです。そしてただ社会的な罰を受ける不安や怖れがあるだけで、「良心の痛みも罪の苛責」を求めたいと思っても、その種の感情は湧いてこない。ある程度の時間が経てば、事はなかったも同然になって、以前の日常がまた戻ってくるのです。生体解剖に参加したあとも、「特別な心の疾《うず》き」に苦しめられることもない自分を省みて、戸田は「俺は良心がないのだろうか」と考えたりしますが、結局はそれ以上のところまで踏み込もうとはしません。当日の夜、苦悩に沈みこみ、当然いつか「罰」を受けるだろうと怖れる勝呂の言葉にたいして、「世間の罰」を受けたところでなにも変りはしないと、戸田のほうは冷やかに応じるだけです。

『海と毒薬』に、「神」やカトリックの教義の問題は直接には書きこまれていません。ただ、解剖の執刀に当った教授の夫人でドイツ人の女性が病院に来て、「神さまの罰」を看護婦に説く場景がありますが、それは挿話の域を出ないといって差しつかえないでしょう。『海と毒薬』を読みとく重要な鍵は、作者が小説の底辺にひそかに据えつけているカトリック作家としての視線です。それは隠された鏡であるかの如く、カトリックの教義と対立する日本の精神風土のもとで生きる人物たちに（戸田と勝呂だけではなくすべての作中人物たちに）罪の意識が欠落し、自分たちの犯した行為にいくばくか葛藤や矛盾を感じているとしても、それを最後まで突きつめる気概はなく、結局は無為のまま消しさられてしまうであろう状態を照らしだしてみせるのです。それはまた、そんな具合に人間として生きてゆく上で、なにか根本的に重要な意識や責任感に乏しい人物たちを、「神」はどういうふうに見ることになるのだろうか——作者はここにそういう問いをも埋めこんでいるはずです。はたして、「神」はこの人物たちにも救いの手を差しのべるであろうか、と。さらにもうひとつ書きたすならば、宗教的な（また倫理的・道徳的でもある）問いかけにひそかに寄りそうように、東と西の文明の対立にも作者の視線は及んでいるように思えます（西欧の文明と日本の文明との対立の問題は、『留学・第三章　爾《なんじ》も、また』（一九三五年）の主人公、マルキ・ド・サド研究を目的としてフランスに留学した若い大学講師の惑いや煩悶を通して、集約的に探索されることになります）。

初期に属する『白い人・黄色い人』、『海と毒薬』に（「神々と神と」をはじめ批評の部類までふくめて）提示された主題は、もちろん変奏されたり合成されたりしながら、また熟成されたりしながら、遠藤さんの諸々の作品で絶えず探究されてゆきます。順次その跡を考察してみる作業は、遠藤さんが築きあげた文学世界を理解するのに欠かせないものであるはずですが、いまそこまで手を伸ばすのはとても無理な話ですので、この拙稿の締めくくりとして、遠藤さんの代表作とみなされている『沈黙』について、卑見を一言なり書きとめておきたいと思います。『沈黙』（一九六六年）は映画化もされていますし（それも日本の小説ではごく少ない海外の映画作品として）、刊行時から長くひろく読みつがれているはずですから、ここでは、小説の中心主題にだけ論点を絞ることにしたいと思います。

『沈黙』の中心主題はあらためて強調するまでもなく、「神」を裏切り信仰を棄てる背教・棄教の罪の問題に置かれています。また、その罪に「神」はどう報いたかが問題になります。しかも背教・棄教の罪を強いられたのが、カトリック教会の司祭（いわゆる「転び伴天連《バテレン》」）ですから、当然ながら問題はいっそう深刻かつ複雑な相貌を帯びることになります。そもそも、日本では一五八七年、豊臣秀吉の時代にキリスト教の布教が禁じられたのを皮切りに、世紀が変わり徳川幕府に政権が移ってからも、切支丹《キリシタン》の信仰はますます厳しい禁圧を蒙《こうむ》る状況に追いこまれ、一六一四年には高山右近など一四八名の信徒が国外追放されたり、海外から渡来して宣教に従事していた聖職者たちも、滞在を許されない状態がはじまります。しかしながら信教の自由を護ろうとする日本人の信徒は隠れ切支丹となり、また日本に踏みとどまって、現代ふうにいえば地下活動のかたちで、宣教の使命に携った外国人聖職者もありました。

『沈黙』は大本《おおもと》のところで、こうした切支丹受難の歴史的事実に則りながらも、そこに工夫を凝らした改変を加えて、主人公はじめ人物たちが危難に危難を重ねる道程を語ってゆきます。ここに登場する西欧出身のカトリック宣教師は実在の人物であるそうですが、それぞれ確かめられる限り史料を参看した上で虚構化され、この特異な歴史小説にいかにも似つかわしい人物にみごとに変貌しています。

『沈黙』に語られる物語の発端を、念のためざっと書いておくと——一六一四年に国外追放の処分が敢行されたあとも、日本の地を離れることなく、潜伏司祭として隠密に布教の使命に当っていた外国人聖職者が三十七名いました。いうまでもなく、幕府の監視、捜索、迫害は厳しく過酷なものでした。ところが、三十七名の潜伏司祭のなかでも、統轄者の立場にあったクリストファン・フェレイラが長崎で逮捕され棄教したという報知が、日本から帰航したオランダの貿易船を通じて、ローマ教会の知るところとなります。一六三〇年代前半のことです。それかあらぬか、一六三三年以来、潜伏司祭たちからの通信はすっかり杜絶する状態になりました。

ローマ教会にとって、これは信じがたい驚愕すべき重大な事件でした。誰か日本に渡って、真相を確かめねばならない。いや、しかし、それは成就する見込みのない無謀すぎる企てだ——一六三五年あたりから、教会内部でそんな論義がしきりに繰りかえされたあげく、セバスチァン・ロドリゴほか二人の若い聖職者が、この生還を期しがたい潜入の航海に乗りだしたのは、一六三八年三月のことととされています。そして印度のゴア、支那の澳門《マカオ》を経て、ポルトガルを出発してから二年近くを費し、長崎からさほど遠くない或る村落に上陸することができました（三人のうち一人は澳門で病いに冒されて脱落）。都合のよいことに、そこには隠れ信徒たちがひっそり暮しており、すぐに布教の仕事がはじまります……。

しかし僥倖は長くは続かず、村落は強硬な探索の暴威に見舞われます。その追及を逃れるため、ロドリゴはもう一人の潜伏司祭と別れて他の土地に移るのですが、そこで遂に禁教取締りの警吏に捕えられることになります。それというのも、澳門から同行してきた軽佻な胡散くさい日本人の若者（このとき十六歳、元信徒だが、転びによって命拾いしたキチジローと名乗る男）の、密告によるものでした。そして逮捕後に通辞と会話するうちに端なくも、フェレイラ教父がやはり棄教し長崎に住んでいる事実が分ります。

それから三ヶ月ほど経った九月のある日、いまは沢野忠庵という日本名を名乗らされ、日本人の女性と生活を共にしているフェレイラと対面する機会が、奉行所によってロドリゴにあたえられます。フェレイラがロドリゴに転ぶよう勧告する、それが奉行所の魂胆でした。ここは小説の最大の山場というべき場面ですが、要点だけ簡単に記しておくことにしたいと思います――二十年におよぶ布教の経験から、キリスト教は日本には根をおろすことができない、日本人信徒が「神」と信じたものは本当のキリスト教の「神」ではないことが明瞭になった――フェレイラは自分の棄教の理由をそんなふうに説明しようとします。その言葉にロドリゴはまったく説得されず、ただフェレイラの「哀《かな》しみ」「孤独」が察しられるという思いが、事後に残されるだけでした。

その翌日から、ロドリゴに対する苛酷な処罰が加えられるようになります。そして数日後、ロドリゴが閉じこめられている牢獄にフェレイラがやってきて、棄教のもうひとつの理由を告げます――「穴吊り」と称する拷問を受けている日本人信徒たちの苦悶の呻きが聞えてきても、「神は何もしなかったからだ」、と――折しも中庭で拷問を受けている、三人の百姓の信徒の呻き声が聞えてきますが、フェレイラの説くところによると、ロドリゴが転びを受けいれさえすれば、彼らは助命されることになるというのです。それが最大の「愛の行為」だというフェレイラの説得に屈して、ロドリゴは自分の「弱さ」を悲しみながら遂に「踏絵」に足をかけます……。そのとき、「踏絵」に描かれたイエス・キリストの像が〝踏むがいい、お前の足は今、痛いだろう。（……）私はその痛さ苦しみをわかちあう〟と告げているように、ロドリゴには思われたのでした。

それから数年後の正保三年（一六四六年）、ロドリゴは長崎奉行によって、最近に死歿した井上三右衛門という男の名を名乗るよう申しわたされ、さらにその死者の妻を娶らされることになります。そして一ヶ月ほど経って江戸に送られて「切支丹屋敷」に居住し、キリスト教に関する書物を書く仕事に従ったりしながら三十年を過ごし、延宝九年（一六八一年）七月二十五日（この年は九月に天和と改元されます）、井上三右衛門こと元イエズス会司祭セバスチァン・ロドリゴは病死します。享年六十四歳。これが『沈黙』に語られる宗教的な波瀾と受難の物語の結末です。

『沈黙』はまさしく明示されているとおり、「神」の沈黙に焦点を合わせて狂うところがありません。遠藤さんの小説のひとつの特性は、その要因が各種各様であるにせよ、苦痛、悲哀、懊悩の深淵に落ちこんだ人物の精神・魂の彷徨、さらには深淵からの浮上と光明を希求する苦闘の様相を探るところにあります。『沈黙』がカトリックの棄教者の苦痛、悲哀、懊悩に、いわば正面から対峙した小説であるなどと繰りかえす必要はないでしょう。肝心なのは救いを求める悲痛な訴えにたいして、「神」がなぜ黙っているのか（あるいは黙っているように見えるのか）という容易には解きがたい問題です。小説のなかに答えは差しだされていません。しかし、こうも考えられるのではないか。「踏絵」を踏んで背教者となった瞬間、イエス・キリストはそれを赦したと、主人公ロドリゴがそう自主的に理解するところに、難問を解く鍵があるように私には思われてなりません。そう、「神」は沈黙しているけれども、イエスと一体となるのです。棄教することが救いにもなるという逆説的な事態が、その瞬間に生まれているといっても、差しつかえないかもしれません。

しかし、この中心主題が確かな筆致で書きこまれているのを認めるだけでは、『沈黙』という小説を十分に読みこんだとはいえません。というのは、遠藤さんが年来の大事な主題として育ててきた、西欧と日本とのあいだに越えがたく立ちはだかる精神風土・思想風土の差異という問題が、中心主題を包みこむようにそれとなく布置されているからです。たとえば、日本にはキリスト教は根づかない、日本人は人間とは隔絶した超越者である「神」の観念をもつことができないと断言するフェレイラの言葉に、その事実は端的に示されています。これを少し敷衍して吟味するならば、「神」の問題は、宗教の領分を超えてもっと広範な思想風土・精神風土、さらには文化風土に深く関わる問題であると、想到することができます。ここで、遠藤さんの作品にしばしば書きとめられた「汎神論的風土」という用語が、宗教的な意味に限定されるのではなく、日本の思想とか文化の全体を包括する一般性にまで拡張されていたことを引合いに出しても、決して間違いにはならないはずです。『沈黙』はそういう広角な視野に立って書かれた、思想的な歴史小説・宗教小説として読むべき作品であると私は考えています。

それにしても、生存する苦痛、悲哀、懊悩を抱えこんだ人物を登場させる小説を書きつづけることは、この拙文のはじめに記したように、重い十字架を担う労苦に譬えられる重圧であったにちがいありません。遠藤さんはその生前、「狐狸庵随筆」と称して思いきり滑稽めかした文章を綴ったり、「樹座」という素人劇団を組織したり、遊び心に溢れた行状（？）でも知られていました。たしかに、あれが遊びであったことは争えません。しかし遊びは遊びであるとしても、重い十字架を背負いつづける労苦からしばし解放される時間が、小説家・遠藤周作には必要であったのです。そういう時間を楽しんで精神の平衡を保ちつづける叡智を、遠藤さんは身に着けていました。そこには、カトリック小説家としての独自な在《あ》りかたを、あらためて感銘深く確めさせてくれるものが漲っています。

遠藤周作さんとカトリックの信仰

加賀乙彦

1

遠藤さんのキリスト教小説というと、まず私が思うのは『沈黙』で、その次は最晩年の『深い河』である。この二作があまりにも有名なのだが、二作の間にある『死海のほとり』と『侍』も中期の傑作だと私は思っている。

まず『死海のほとり』を開いてみよう。一九七三年の作品でエルサレムとその近くを旅しながら、昔の遺跡を訪ねると同時に昔そこで生活していた人々を描いている。人々の中心にいるのは、無実の罪で磔刑《たっけい》に処せられたイエス・キリストである。と言っても遠藤さんのイエスは瘦せこけて、弱々しく、何の力もないみすぼらしい男だ。多くの人々が、病気や傷者をみつめるのみだ。

「最後の晩餐」や「ゲッセマネの園」での祈りののちイエスは「ユダの裏切り」によって逮捕

される。イエスの敵になった人々は、イエスに罪をなすりつけようとする大司祭のアナス、カヤパ親子と、ローマ人のユダヤ総督のピラトであった。当初イエスの無罪を思ったピラトは、一転死刑を宣告し、イエスの弟子たちは、四方に逃亡する。民衆は現金なもので、イエスがエルサレムに入場したときは歓呼をもって迎えたのに、お上の一声で罪人のレッテルが貼られると手のひらを返して、罪人であったバラバのほうが無罪であると気持ちを移す。

政治家たちのかけひき、うつろいやすい民衆の心理、臆病風に吹かれていく弟子の姿などを遠藤さんはリアルに再現する。その情景の中に、黙って十字架を受け入れるイエス・キリストの姿がありありと浮び上がってくる。

つぎに『侍』である。

この作品は一九八〇年、遠藤さんが五十七歳の時に出版されたもので、江戸初期の一六一三年、仙台藩伊達家がノベスパニヤ（メキシコ）との交易を求めて大型ガレオン船を建造し、宣教師ソテロ、藩士支倉常長《はせくらつねなが》らからなる使節団を海外派遣した実話にもとづいている。一行はノベスパニヤから、スペイン、ローマに渡り、相手方との信頼関係を築くために受洗もし、役目を果たそうとした。ローマ法王への謁見も実現して、「日本の王」伊達政宗の名誉も上がった。

しかし、結局通商は実現せず、帰国してみれば日本全国にキリシタン禁令が敷かれていて、支倉はむごくも処刑されてしまう（病死したという説もある）。

江戸初期を舞台とした「キリシタンもの」であること、また宣教師のソテロの名をベラスコ、支倉常長の名を長谷倉六右衛門と変え、セミ・フィクションにしている点など、『侍』は『沈黙』に似ていなくもない。それなのに私はなぜ『沈黙』よりも『侍』のほうに軍配をあげるかというと、『侍』は歴史をじつによく調査し、史実にもとづいて書かれた「歴史小説」だと思うからだ。それに反して『沈黙』は歴史小説ではなく「時代小説」と言うほど史実にないことが書かれている。

とくに私が感服したのは、ベラスコの目から日本を見、また長谷倉を見るというスタイルの小説だからである。

長谷倉たち使節とともに、はるばる太平洋を渡ったベラスコの真意は何だったのか。それは日本人を大勢引きつれていき改宗させれば、故国の人々から布教の手柄がえられると思ったからだ。

また、当時の西洋では、カトリック国のスペイン、ポルトガルと、プロテスタント国のイギリス、オランダが覇権を競っていた。このあたりの史実もよく書かれている。

支倉は意志の強い武張った、ちょっと怒ったような感じの人物だ。ところが遠藤さんは長谷倉を「侍」という一般名詞で呼んでいる。ここでいう侍とは、いわゆる「武士」ではなく、「さぶらう」――つまり主人のそばに影のようにつき従っている者のことだ。

長谷倉の愚直な誠意は報われなかったが、その美質にすくなからぬ感銘を受けた者はいた。それは宣教師のベラスコである。ベラスコは長谷倉に共感したがゆえに、日本に舞い戻った側面がある。

2

『沈黙』、『死海のほとり』、『侍』と読みすすめてきた時、私は遠藤周作という作家の愛読者になっていた。カトリック教徒として信仰の先輩と思うとともに、その信仰の方向が私の方向とは逆の方向の人だとも思った。逆方向と言うのは、イエス・キリストを崇めるよりも縮小化して、教えるよりも愛してくれる人と思うことでもあった。『死海のほとり』のイエスはやさしい信仰の人であり、愛の人であった。その人物はそっくりそのまま遠藤周作さんに近い人物像であった。

一九六九年、私は三十九歳のときにイエズス会経営の上智大学の教授になった。この大学で精神医学と犯罪心理学の教授となって十年間勤めた。同僚に神父が大勢いたし、キリスト教について知り学ぶ機会も多かった。こうして十年の年月が去った。私は教授をやめ、自宅にこもって小説を書く、一応末席ながら作家になった気分になり、それまでと違った生活をするようになった。しかしキリスト教へのあこがれと尊敬の念は、相変わらず、私の重要課題となっていた。私の焦りは、キリスト教についての知識は増大したが、自分がキリスト教を信じるという方向に心は向かなかった。知識は肥大していくが、心は動かなかったことだ。知識と信仰とは全く別のものであった。私は、永年の友人であり上智大学教授である門脇佳吉《かきち》神父を訪ねて、動かぬ心の問題を話し、援助を要請した。「あなたがキリスト教について不可解だと思ったことを書きとめて、私があなたに説明する。これを繰り返してみたらどうであろう。三日間朝から夕方まで、一緒に過ごしてみよう」。はて二人が時間をとれるのはいつか、二人は手帳をめくりつつ、その暇な日を探したが、そんな悠長な暇はひとつもない。結局、暇は探すのではなく、作るものだと知ったのである。

神父さんが、九月の初めに信濃追分の私の別荘に来て、三日間質疑応答すると決った。すると電話の相談を聴いていた妻が「私を置いていかないで……。わたしだって質問する権利があるのよ」。そう、そうして神父にわれら夫妻が質問する三日間が決ったのだ。

やがてその日が来た。晴れてはいたが雲が沢山流れて、時折あたりが暗くなった。私たち夫婦はノートや手帳を開き、神父は聖書一冊を机の上に置いた。罪、原罪、悪魔、といったテーマで質問と答えが始まった。こうして第一日は、昼前に始まり夕暮で終った。

一日、二日は呆気なく過ぎた。三日目の午前中、正午近くに「金色の光が地に落ちた」。朝から少し陰気で暗い大気であったのが、急に明るく金色で、キラキラ光る光になったのだ。私はあたりの光がまぶしく、自分の魂に降りかかる心持ちであった。そして心が軽く、自分の体もフワフワと浮びあがっていくような気持ちになったのだ。神父は「もうお昼ですね。昼飯をたべにいきましょう」と私たち二人をさそった。すると妻が、「何だか体が軽く、魂が風とともに浮びあがるようです」と言った。

「そう！」と私は応じた。「何と軽やかな気持ちなんだろう」。

三人は中華料理屋へ行き昼食となった。風がおこり、涼しげな風が吹き渡った。神父がスープをすすり終えて「お二人とも洗礼を受けていいですよ」と笑顔を見せた。「ありがとうございます」と頭をさげた。すると妻は「ありがとうございます」と泣きながら、そして目を拭いながら言った。

神父を追分の駅まで送り、別荘に帰るとすぐ私は遠藤周作さんに手紙を書いた。御夫妻に代父代母をお願いした。数日後に快諾の返事が来た。さらに数日後、遠藤さんから電話があった。

「きみ、霊名はなんだ」

「まだきめていません。遠藤さんは何ですか」

「ポールだ。簡単だろ。外国に行くときには簡単でいい」

「なるほど……」

妻と相談した。私は医師だからルカにした。ところが細君のほうはなかなか決まらない。結局『カトリック聖人伝』なる本を買ってきて、あれこれ目を通し「幼きイエズスのテレジア」と定まった。

一九八七年の十二月二十四日、夜、上智大学の一〇号館講堂で受洗式が行われた。門脇佳吉神父の手で私と妻の式が行われた。水がかけられた時、細君は泣いていた。私の右肩に代父遠藤さんの右手が載って力強い合図のようであった。妻の右肩には代母遠藤夫人順子さんの右手が載っていた。

受洗式のあと門脇神父が所長をしていた上智大学中央図書館八階の東洋宗教研究所で祝いの宴が張られた。三浦朱門や矢代静一など、遠藤さんが代父をした人々も集まっていた。遠藤さんは六十四歳、私は五十八歳であった。遠藤さんが亡くなられたのは一九九六年九月二十九日であったので、私は遠藤さんの晩年にやっと洗礼を受けることができたのだ。何か不思議な力が私を前に押してくださったと私は思っている。

昭和戦後の笑い

遠藤周作、狐狸庵先生

持田叙子

わたくしには、秘かに自分だけで大切に思っている遠藤周作とのゆかりがある。彼が初のユーモア小説『おバカさん』を新聞に連載発表し、キリスト教を主題とする宗教小説を旺盛に書く一方で、画期的に笑いの文学を展開した年——昭和三十四年、一九五九年に生まれたというゆかりである。彼のユーモア文学を読んで育った。すなわち〈おバカ〉の申し子であるという誇りを胸にいだいて今に至る。

遠藤周作が紙面に広げる笑いは、もちろん文明批判であり、かつ一種の社会的マナーでもあったという気がする。自分を大きく見せるな、まわりに気を配るべし。そんな声が彼の小説や随筆の笑いから絶えず聞こえてきた。競争の無価値を説かれた。肩とひじの力をぬいて、ひとつ深呼吸。世界の空気をやわらかくし、自由と平和へ向かう志のようなものも大いに感じた。

何しろ多感なジュニアの時代をつらぬき、遠藤周作の展開する笑いの文学を深く楽しんだのである。その影響は甚大である。あらためて思うと、俗な意味での損もいっぱい生じた。じつは人生、もう一度やり直したいほどに後悔するときもある。これはあくまで、読み手のわたくしの器の小ささのためである。競争する覇気が減じた。若くしていささか老女の気配が生まれた。高度経済成長と距離をおいて〈庵〉に隠居する遠藤周作をカッコいいと思いすぎた。何事もそうである。ハマるには、没入する側の深く広い度量を要する。

反面、感謝する要素がもちろん豊かにある。たとえば自身の卒業校の慶應義塾大学への思いである。詩人学者である折口信夫に心酔していたため、大学受験にさいして折口が教授をつとめていた慶應義塾大学を選んだ。入ってみるとしかし、当時マンモス大学の中はざわざわしていて居場所が見つけにくかった。国文学科も、折口がつくった師弟関係の密な空気とははるかに遠かった。世間知らずのジュニアはとまどった。

そんなときに「思いちがい」という遠藤周作のユーモアあふれる文章を読んだ。一九七二年に「夕刊フジ」に発表されたエッセイをまとめた『ぐうたら人間学　狐狸庵閑話』におさめられる。ちなみに同じ年、『海と毒薬』『沈黙』が欧州各国で出版されている。

「思いちがい」には、慶應義塾大学の経済学部入試にかんする愉快なエピソードがつづられる。「これは『三田文学』に来ていた学生たちから聞いた話だが、」という前置きで始まる。遠藤は昭和四十三、一九六八年四十五歳のときに母校の慶應義塾大学の文芸雑誌『三田文学』の編集長を一年間の約束でつとめた。そのとき手伝いの学生たちを可愛がり、彼らとよく遊んだ。若々しい彼らの話に耳をかたむけた。そうした関連のエピソードに取材したものであろう。

ある年の入試の「作文」の課題は、「経済学部への期待」であった。教室に入ってきた若い監督の先生がチョークで黒板にこの題を書いた。黒板が小さかったため、彼は「経済学部」とまず書き、行を変えて「への期待」と二行で書いた。そのため「珍妙きわまる一枚の作文」が採点する試験官の手元に運ばれることとなった。「その作文には何故か、出題テーマとは全く関係のない盲腸手術の経験がくどくどと書かれていた」。すなわち、「手術後、ぼくも看病してくれた母も共に屁を期待しました。なぜなら、もし麻酔が切れた時、ガスが一発、腸から出れば経過は良好の証拠だと医者は言っていたからです。そしてその屁の期待がぼくを一晩苦しみに耐えさせ、屁の期待を母は一晩待ちつづけ……」などとつづられる。

つまりこの学生は、経済学部の出題は「屁の期待」であると思い込み、まじめに懸命に自身の記憶と経験を探り、盲腸手術の仔細を汗を垂らしながら書いたのである。遠藤は彼が合格したかどうかは知らない、としながらもし私が試験官ならば彼に優はあげないが、合格すれすれの良はあげる。「彼の懸命さは良に価するからだ。それでいいではないか」と結ぶ。

お腹をかかえて笑ってしまった。今この稿を書くために「思いちがい」を読み返していても、つい笑ってしまう。「経済大国」日本を背負って立つ人間になりたいと大志を書く答案の中にたった一枚、屁を必死で待った話。これは実話ではなく、狐狸庵先生によくあるホラ話かもしれない。その可能性が高い。虚実はどうでもいい。何ともいえず、あたたかい。まじめで必死な若者へ注ぐ愛情があふれる。「それでいいではないか」という言葉に気持ちがなごむ。

そう、世界はそれでいいのだ。画一的に規則で縛るのではなく、デコボコを認めるおしゃれな人間愛が薫る。これが慶應義塾の空気なら、すてきな学校だなと思った。福沢諭吉は、ジュニアにははるか高みにいて、遠すぎた。しかし諭吉の説く自由と対等の精神とは、たとえばこのような感じなのではないかと体感できた。もちろん伝統ある名門校につきものの暗部もあろう。しかし自分のなかで慶應義塾のイメージの柱ができた。ユーモラスで自由でしなやか。そうでなくっちゃ尊敬できる学校ではない、きっと慶應義塾大学とはそういう場所であるとじぶんの内側で勝手に決めた。この大学に学生として身を置くという気もちになった。その大切なきっかけが狐狸庵先生の笑いであった。

このたび遠藤周作について書く貴重な機会をいただいた。それならばぜひ、昭和の少年少女の情操にゆたかな恩恵をもたらした、狐狸庵先生の笑いについて考えたいと思う。日本近現代文学史において笑いは貴重である。近現代文学史につよい勢いをつくった自然主義は、真面目と誠実を愛した。笑いに価値を見い出さなかった。

ゆえにメインストリームにあえて逆らい笑うことは、時代への反骨や批判の意味ももつ。遠藤周作は『三田文学』にふかく関わった。『三田文学』の初代編集長の永井荷風は笑いの文学を重んじた。笑いを通じ、永井荷風と遠藤周作とが密につながる系譜にもおおいに注目したい。

1

加藤宗哉編・遠藤周作『「沈黙」をめぐる短篇集』（慶應義塾大学出版会、二〇一六年）巻末「年譜」によると、遠藤周作は一九六〇年より、若い頃の肺疾が悪化し療養生活に入った。六一年に困難な肺手術をうけた。本人の述懐によれば、術中に一時呼吸が止まる経験をした。その後は自宅で静養をつづけ、六三年に空気のよい町田市玉川学園に転居し、新しい家の書斎を「狐狸庵」と名づけた。

山根道公編・世田谷文学館「遠藤周作展」図録によれば、六二年にはみずからを「狐狸庵山人」と名のり、「狐狸庵日乗」と題した絵日記を翌年初夏まで書いていたという。四十歳前後である。ときに昭和三十年代末である。

とうじの玉川学園は古い農村のおもむきを残した閑静な近郊であった。柿の畑が多かった。

きつねやたぬきの住む山ふもとに小さな庵をむすび、そこで世をはなれて世を批判する老人の隠居の仮面を遠藤はかむった。遠藤周作＝狐狸庵先生のイメージはここに生まれ、作家自身がそこまで長生きすることを期していたかどうか解らないが、広くマスコミに定着するもう一つの文化の顔となった。

とうじの狐狸庵先生のエッセイ「師走」より一節をみておこう。

「師走である。柿生の里は東都より冬の近きをひとしお感ずる。我が狐狸庵の樹木も葉を日、一日と落し、すけた梢と梢とのあいだに遠く丹沢、大山の山塊を眺めることができる。

狐狸庵は丘陵の頂にあるので、峪の家々が一望しうる。私は時々窓下の家々をひそかに観察し、洗濯物や煙突の煙などから、その家に住む人の性格や生活をあれこれ空想するのが大好きである」

あきらかに日本文学史の〈隠者〉の系譜を意識する。玉川学園、と言わずに柿生の里、とする言葉の意識にもそのことは濃厚に感ぜられる。兼好法師の『徒然草』の世界を模す。しかし優美を愛する中世の隠者とはずいぶん異なる点もめだつ。一見、しずかで侘びた山ふもとの空気が演出されるが、すぐに調子を変える。人恋しさが匂う。人の家の暮らしを高みより思い憂うる、といえば聞こえがいいが、著者はわざとそれを一種ののぞき趣味に変える。文章はこう続く。

「私の趣味の一つに電話ボックスの人間を陰から窺うことがある。（中略）さて今日、午前十一時。私は狐狸庵の窓から一軒の家をじいっと見ておった。雨戸がしまっている所をみるとその家の家人は外出しているらしい。庭にビール箱でつくった犬小屋あり。その小屋の前に黒い雑種の犬が眠っている」

「この犬は前脚の上にあごを載せたまま、吠えもせず、起きもせず、じっとしている。

（中略）一言で言えば、まことにグータラな犬である。

私はそれを見て、ゆくりなくも自分の幼き頃、少年時代を思いだした。その雑犬の姿はまさしく我がありし日のイメージであったからである」

知とたしなみと人生のあるべき道を季節の美意識に乗せて述べる『徒然草』の、いわばこれはパロディであり、実質は兼好法師とはかなり異なることがわかる。隠遁した草の庵より遥か俗世をみる視点は、のぞき趣味に変換される。そして自身を「グータラ」で寝てばかりいる「雑犬」にかさねる視点が特徴的である。こうした自己卑下のまなざしは、中世隠者の文学にはない。

ここには、自身を腰の低い一種の客商売とこころえる江戸の戯作者の味が濃く混入する。そしてその奥には――遠藤周作が狐狸庵エッセイを書きはじめた頃に「狐狸庵山人」と称し、「狐狸庵日乗」と題する絵日記をつけていたという先ほどの伝記事項を思い出したい。江戸戯作者の水脈を引くこの自己卑下モードは、永井荷風のものである。「荷風散人」と名のり、世に著名な歴史的日記『断腸亭日乗』を書きつづけた荷風のすがたを道標とすることは明らかである。

永井荷風は森鷗外と上田敏のつよい推挙を受けて、明治四十三、一九一〇年に三十一歳で慶應義塾大学部文学科教授に就任し、フランス文学をおしえた。とともに塾が看板として創始した文芸雑誌『三田文学』の初代編集長となり、原稿集めから自身の足で歩いておこない、活躍した。ここから谷崎潤一郎をはなばなしく文壇に押し出した。また、自然主義に押されて冷遇されていた泉鏡花を重用し、鏡花復活のきっかけを作った。他に佐藤春夫、水上瀧太郎など『三田文学』から出た作家は多い。

遠藤周作はある意味で、荷風の足跡を濃く追う。荷風は明治日本で先駆的にフランスへ遊学し、文学を学んだ。遠藤は昭和二十五、一九五〇年に戦後初のフランスへの留学生としてルーアンに滞在し、つづいてリヨン大学で学んだ。とくにリヨンは荷風がパリへ遊学する直前、父の命で正金銀行リヨン支店の銀行員として明治四十、一九〇七年から翌年にかけて約八か月滞在したゆかりの地である。荷風の『あめりか物語』『ふらんす物語』(明治四十一、一九〇八—明治四十二、一九〇九年)には、「ローン河のほとり」「祭の夜がたり」など印象的なリヨンの物語が少なからず収められる。

敗戦の時代に先駆者として、あえて実学とは遠いフランス文学を学ぶために留学したこと。慶應義塾の『三田文学』に編集長として深くかかわったこと。いずれも遠藤周作の人生における重要事である。とくに西欧人のなかの異端者として戦後初に留学した経験は、異文化としてのキリスト教をどのように日本人が受容してきたか、という遠藤の文学の根幹をなすテーマとなる。はるか明治にやはり先駆的にフランスへ渡った先輩・荷風の文学が気にならないわけがない。

しかしなぜか、荷風への言及は少ない。荷風への評価もそう高くはない。これは大切な影響ほど口にせず自らの内に秘める、というタイプの作家で遠藤があるからであろう。荷風の花柳小説のエロスと遠藤は、たしかにほぼ無縁である。荷風のような、ドメスティックではない娼婦型の女性への無限のふかい関心は、遠藤にはない。遠藤がまなざしを向けるのは、ひたすら聖母型の母性あふれる女性ばかりだ。

では遠藤は荷風のどこに啓発されるのか。――それは笑いである。荷風が花柳小説とほぼ並行して書きつづけた随筆や日記に生みだす、実にゆたかな笑いの精神に大きく刺激され、荷風の生きた時代とおなじく続行される弱肉強食の世相に食い込み批判する、笑いの文学の系譜を荷風よりバトンタッチしている。

2

ではしばし、明治大正の世相批判に愉快で辛いスパイスを盛った荷風の毒舌を見てゆこう。ここも注目される。荷風は病弱だった。少年の頃からしじゅう病気をした。軍国主義の風潮のつよい学校では、軟弱男子として硬派に目をつけられ、いじめられた。父の希望の第一高等学校の受験に落第し、あとは外国語学校清語科に学んだ。三人兄弟のなかの劣等生だった。頭はすばらしくいいが、親の思う学歴とは無縁の遠藤に似る。遠藤も兄がきわだつ秀才だった。二人ともこの劣等感をエンジンにして鮮やかなスタートを切る。

荷風が日記『断腸亭日乗』を書き始めたのは三十八歳のときである。断腸、とは腸が弱くて長生きは無理であると医者に宣告されたショックに一つ由来する。以来、じぶんは世の役に立たない弱者であると位置づける。とともに義塾の公職から身を引いた。隠居である、もはや老人であると日記・随筆にしきりに書く。荷風は『徒然草』を愛していた。その隠者の系譜を、富国強兵の気運がしきりな明治に復活させた。世を一歩はなれた場所から、老隠居として日露戦争ひいては世界大戦へと突入する軍事国・日本を批判し諷刺した。

早くもフランスより帰国した直後、二十九歳のときに荷風は親友への手紙のなかで、「何だか年寄りになつた様な気がしてならぬ」と日本になじめない悩みをうったえている。三十歳で発表した小説『すみだ川』では、とうじとして老人の六十歳近い俳諧の師匠を、たいせつな愛すべき人間として大きく活躍させる。

これを手始めとし、帰朝後の荷風は『散柳窓夕栄』『父の恩』『腕くらべ』『つゆのあとさき』などの小説に、次々に魅惑的な老人を登場させる。古い時代の教養と知性をそなえた素敵な老人が多い。彼らは、弱肉強食の世間に流されて負ける若者に優しく手を差し伸べる。これはまことに個性的な、稀有な主題である。

日本近代小説は荷風以前、ひたすら前進する若者を主役としてきた。坪内逍遥『当世書生気質』、森鷗外『舞姫』『青年』、夏目漱石『三四郎』『行人』『虞美人草』、――すべて若い男女の物語である。老人は小説世界の視野の外におかれてきた。

ところが荷風は老いをこそ、進化前進すると信じる大日本帝国への批判の矢とした。もう組織からは外れ、進化と競争の世界から遠くはなれて生きる老人。彼らの暮らしには伝統的な知恵と、競争原理から脱却したしなやかさがあると考えた。老人の視点に立ち、競争第一主義の日本近代文明を批判しようともくろみた。

優しい知的な老人を小説に登場させるとともに、エッセイに老いを活用した。荷風の文明批判の随筆をいろどる大きな特色である。

早いところでは明治四十五、一九一二年発表の随筆小説『妾宅』がある。主人公は、背をまげて炬燵にあたる「珍々先生」。年は明記されないが、明らかに老隠居のイメージである。お妾と川沿いの小さな隠れ家に住み、日々の暮しの衣食住の趣味さえも江戸人にまったく及ばず、近代化をむやみに叫ぶ同時代の文化人のセンスのなさを鋭く突く。

エッセイ『大窪だより』でも、離婚した直後の三十四歳の荷風はしきりに孤独な老後について語る――「独酌、独吟、独棲、何でも世は源水が独楽の如く独りで勝手にくるくる廻るにかぎり申候。（中略）寧ろ独身にて、子供につぎ込むべき学資養育費貯蓄致し置かば、老後の一身は養育院に行かずとも」すむのである。独身の老後こそ安心である。しきりにそう唱える。

なるほど老いと独身が一つ、帰朝後の三十代の荷風文学の主要なモチーフとして重んじられていることがうかがえる。荷風の愛する〈自由〉とは、さっそうと若い人間ではなく、世の外に立ち世をななめに見る独り者、あるいは老人を通して歌われる特色をもつ。

まさに日本文学史に活躍した重要な作者階級としての、隠者の復活である。そして荷風の活用する隠者には色濃く、江戸の老隠居のイメージがそそぎ入れられる。ここもいたく個性的である。兼好のような知の宮廷人ではない。それとは異なる、下町風のさばけて粋な、花街の情報にも通ずる知性をつかう。色ボケをよそおい、人間の下半身の本能をつつき、権威や国家主義をせせら笑うイジワルじいさんの仮面を活用する。

荷風の三十代終わりから四十代にかけて、すなわち明治末の大逆事件があって世相が大きく変わり、新しい過激な思想や芸術がきびしく統制される大正時代に入ってから、荷風は辛口隠居エッセイの分野をしきりに展開する。自分は「戯作者」にすぎず、天下国家の流れに背を向けて書くと言いながら、じつはこの分野で戯作者らしく読者を笑わせつつ、むしろ激越な軍国主義への批判や、表面だけ欧米を模す薄っぺらな大正文化への諷刺をくり広げる。

たとえばその題名も『隠居のこゞと』（大正十一、一九二二—十二、一九二三年、四十三歳）では、荷風はみずからの身をたっぷりと、老眼鏡をかけたおじいさんモードに浸す。自身を「老いたるフワウスト」と嘆きつつ、毒舌たくましく現代の東京生活の軽薄を笑う。

「和洋二重生活の混乱はたゞに衣服飲食住居の外観に止まらず日常の言語と又物品の名称等において更に甚だしきものあり(中略)カテイ石鹼といひハータ香水といふが如く日本語を片仮名にて書き外国語らしく見せかけたるはあまりに見識なく愚劣の極みなり」

荷風は明治初年が大好きだった。それは自身の父と母が若い新婚夫婦であった、鹿鳴館時代の前後に当る。開化の日本人はまじめに西洋のホンモノに学んだ。手間ひまかけて外国のホンモノを摂取した。ういういしく西洋に恋した、鮮やかな日本の青春時代はみじかく終わった。後はにせものの、スピードだけがとりえの拙速な模倣が横行する。張りぼてのコンクリート。掘り返してばかりの道路。西洋老舗ブランドのラベルを模造するせっけんやジャム、バター。「愚劣」でしかない。

大正九、一九二〇年のエッセイ『偏奇館漫録』ではさらにダイナミックに、世界の強国につき従う大日本帝国の変わり身の早さを、色町や芸妓にくわしい不良隠居らしく、お得な旦那にすぐ転がる「娼妓」にたとえてこう皮肉る。

「日本はその昔永く支那を手本としけるが維新の際仏蘭西を師とし忽ち変返って英米に親しみ又いつとなく独逸に学び軍服なぞ初めは仏蘭西風のものなりしを独逸風に改め（中略）独逸敗北とみて取るや俄かに飛行機の師匠を仏蘭西から呼迎えてドイツのドの字も言はず景気のいい処につく事宛ら娼妓の如しと言はれても吾等弁解の辞なきを如何にせん」

同年に荷風は生涯のシングル暮しをこころに決め、麻布のちいさな洋館で独身生活を開始する。もちろん、その名は偏奇館。椎の大木がそびえるのがシンボルだった。へんくつな引退老人が孤独にそこに住み、夜な夜な銀座や浅草など都会の夜の歓楽街に出遊し、大正の世相の深みを観察し、諷刺批判するという斬新な舌鋒をひらいた。これが彼の記しつづける長大な歴史資料『断腸亭日乗』にもつながってゆく。

日乗でもしきりに、壮年期から荷風は「老い」の身を嘆く。『偏奇館漫録』は四十代はじめの作品であるが、明らかに隠居のモードである。空飛ぶ鳥にもばかにされ、とぼとぼ都会の道をしおれて歩くと見せかけ、政府の圧迫や警察官吏のごまかしを目にすれば、鎌首をもたげ、ぱちりと毒舌を決める。隠居らしく俳諧をたしなみ、和の季節の情緒に毒舌をからませるのも荷風の開発した至芸である。ことさら卑猥な、下品な話題を駆使するのも特色で、若い日の随筆小説『妾宅』にすでにそれは色濃い。和のトイレットすなわち厠論のくだりで、人間の原点の糞尿を詩のテーマにした江戸の俳諧師を、世界的にすばらしいと称揚する。巨人ガルガンチュアのすさまじい糞尿を描き、身分なんか笑い飛ばしてみせたフランスの文人ラブレーにも比肩させる。そして自身でも「滑稽文学」のこの伝統をさかんに継承する。これも『偏奇館漫録』より引く。

「八百屋の店に蕪大根色白く、牡蠣フライ出来ますの張紙洋食屋の壁に現はるゝ冬は来たれり。雨降れば泥濘の帝都正にその特徴を発揮し自動車の泥よけ乾く間もなく待てども来たらず来たれども乗れぬ電車を見送つて四辻の風に睾丸も縮み上る冬は来たれり」

出だしはふんわりと柳が散り、水仙の花が店先に匂い、魚も脂が乗っておいしくなる都会の冬の情緒を歌いながら、あえて文末を情けない下半身の寒がりで結ぶ。あーあ、そうだよね、冬の電車を待つ間はつらいよね、と読者の笑いと共感を誘う。町の庶民の冬の詩をねらう。いつまでたっても森鷗外の指摘するような、〈普請中〉の東京を諷刺する。年中工事ばっかりで、いつになったら都民が住みやすくなるんだい！　「帝都」とは泥の都かい！

荷風は都会に住み、自身の生きる時代の軽薄と拙速をななめに見る江戸前の〈隠居〉である。対して遠藤周作は柿生の里に住む、近郊の狐狸庵の渋い〈隠居〉である。都会と鄙との相違はあるが、二人ともまだ壮年のときにあえて老いた〈隠居〉の仮面をかむり、時代の文明批評をユーモアと下世話なおしゃべりに包んで展開する点でおおきく共通する。戦後日本の高度経済成長期の環境汚染や都心のオリンピック工事のさわがしさに苦々しく背を向ける狐狸庵先生はあきらかに『妾宅』の珍々先生に、『偏奇館漫録』や『隠居のこごと』の下町の色ボケ隠居の遠慮ないするどい舌鋒にふかく学ぶ。

3

前述のように、遠藤周作は戦後初の留学生としてフランスにおもむき、足かけ三年間まなんだ。この留学体験は、彼の宗教と歴史をめぐる文学の原点である。そのことをよく示す初期小説に『留学』三部作（一九六四―六五年）がある。

三部はそれぞれ背景を異にする。第一部「ルーアンの夏」が遠藤のもっとも等身大のフランス留学を表わす。おさないときに洗礼をうけた工藤青年は、孤独な留学生活をルーアンの町のキリスト教会にささえられる。はじめは感謝する。しかし「日本の布教に貢献する」ことを過剰に期待され、ついに心中でこう叫ぶ、「私の国には基督教が結局はその根を腐らしてしまう風土があるのだ」。

この悲痛な叫びは、『沈黙』をはじめとする遠藤周作のキリスト教小説のテーマに深く触れる。第二部「留学生」は時空をこえ、十七世紀に先駆的に日本からローマへ渡航した留学生・荒木トマスの苦闘を描く切支丹小説である。第三部「爾《なんじ》も、また」は、サドを研究するためにパリへ留学する若い学者を主人公とする。

キリスト教と日本の風土とのがんこな対立。白い肌と黄色い肌という生理的な大きな差異。日本人であるじぶんが、西欧の宗教文化をえらび身にまとうことにいかなる真実と必然があるのか——。三部すべてに遠藤周作の生涯をつらぬく主題が見られる。

荷風は黄色人種と白人との肉体の差異に無頓着であったと、しばしば指摘される。荷風の母方の一族はキリスト教徒が多い。祖母も母も洗礼をうけた。おさない荷風は彼女たちと教会へ通った。すぐ下の弟は牧師になった。しかし荷風の留学体験に、キリスト教は表面上はさして影を落とさない。西欧と荷風との出会いは、明治時代にどくとくの幸福と憧憬の色に明るく染まる。

敗戦国の負け犬として戦後初に戦勝国に留学した遠藤周作にとって、荷風の『ふらんす物語』（明治四十二、一九〇九年）はあまりに遠い。そのためか、遠藤は荷風に言及することがきわめて少ない。『留学』三部作においても、わずかに第三部でサド研究のためにリヨンに滞在した主人公が、そういえばここは荷風の小説「ローン河のほとり」の舞台であった、あの異国での孤独の切なさは学生時代に愛読して胸に迫った、と回想するくらいである。

西欧との出会いが根本的にかけ離れる。荷風は日本がめきめきと世界に頭角をあらわす元気旺盛な明治における、フランスへのほぼ初の留学生である。その胸はフランスへのあこがれと尊敬でときめく。こちらは敗北した国で初めての留学生、フランス留学体験者と一口に言っても全くちがうとの思いも、遠藤にはまず抱かれたのではないか。荷風の影響は遠藤の小説ではなく、肺手術後の四十代から新たに展開するユーモラスな随筆に秘かに深くひろがる。

4

遠藤周作が真剣に永井荷風と出会い、立ち会ったのはフランス留学体験においてではなく、それより早く、太平洋戦争中に堀辰雄を通してであったと考えられる。

遠藤は浪人して二十歳のときに慶應義塾大学文学部予科に入学した。前掲の加藤宗哉編年譜によると、その翌年にあたる昭和十九、一九四四年春に堀辰雄をはじめて訪れ、以来、信濃追分に移住して療養する堀を月に一度たずねて深く私淑した。モーリヤックの小説も堀に教えられた。戦争末期である。遠藤の友人は安岡章太郎はじめ、多くが学徒出陣していた。遠藤は肋膜炎をおこし、入隊延期となっていた。

自身の肋膜炎と学徒出陣待ち。ほとんどの若者と同じく死がもっとも身近に迫る季節の中で、病床の堀辰雄に西欧文学のあつい教養とともに、荷風文学への親しみをも教示されていたのではないか。下町生まれの堀は元来、西欧経験があつく、と同時に江戸文化を尊重し、明治の知識人が見捨てた下町を逆におもな舞台とした荷風文学を愛していた。西欧の眼をとおして江戸のなごりの下町を再発見した荷風文学を評価していた。戦争末期にいよいよ、この芯からの自由人への関心を深くしていたらしい。

とうじ堀の身辺にいた作家の福永武彦によれば、堀には九十二ページにおよぶ「荷風抄」と題するノートがあった。作品ではなく、荷風愛読の覚書きである。「紅茶の後」「霊廟」「冷笑」「矢立のちび筆」「監獄署の裏」「妾宅」『あめりか物語』『ふらんす物語』など荷風の帰朝後の初期作品を主に、それらに引用されるフランス文学者について注記する。ノートは堀の死後に発見された。

福永の推定によればこの「荷風抄」ノートは、「どうも昭和十九年秋ごろから二十年にかけて、つまり戦争末期」につくられたのではないかという（多田蔵人編『荷風追想』所収、福永武彦「堀辰雄の『荷風抄』」による）。

堀は「風に聳える老松の如くに立派」（福永）な荷風の戦争への抵抗の姿勢に熱く感じ入っていた。それは福永の目にも明らかだった。ゆえに堀は改めて、文明開化時代の西欧への初々しいあこがれを手放して世界戦争へと突き進む明治末から大正にかけての大日本帝国を痛烈に批判する荷風のことばを通読し、太平洋戦下の孤独の中でノートに取っていたのではないか、というのが福永の意見である。じっさい戦争末期に福永が信濃追分の堀をたずねた際、すでに貴重になっていた荷風の本を手に入れた興奮を語ると、これだろうとすぐ堀は本棚から、春陽堂刊行全六巻の荷風全集の一冊を取り出して福永に見せたという。

これはちょうど、遠藤周作が信濃追分の堀のもとへ通っていた時期にかさなる。おそらく堀は荷風の文明批評の卓越を、自分を慕って通うこの兵役猶予中の大学生に熱く語ったことであろう。戦争を一貫して否定し、平和こそは文明のあかしであるとした荷風の随筆に、遠藤は深く刺激されたのにちがいない。戦いの世にも決してユーモアと笑いを手ばなさなかった荷風のしなやかな自由について堀の口を通し、胸に刻んだのにちがいない。

荷風文学の笑いに大きく影響されたことを、狐狸庵先生は口をつぐんで明かさない。いたく影響をうけた作家や作品は、いわば書く人の秘儀である。影響や刺激が深ければ深いほど、秘めて語らぬ人は少なくない。荷風の影響については、遠藤周作もそうなのであろう。

やはり戦争のときに青春真っ盛りで、学徒出陣で「殴られてばかりいた」遠藤の盟友の安岡章太郎は、荷風文学を正面切って熱愛する。荷風について心こめてよく語る。安岡には、荷風の『濹東綺譚』を自身の戦争体験の想いに乗せて読む名著、『私の濹東綺譚』(一九九九年)もある。

その安岡章太郎は、遠藤周作のかむる仮面〈狐狸庵〉隠居が、荷風文学の諷刺と笑いの伝統を継ぐものであることに気づいていた。前掲『私の濹東綺譚』には、両者をつなぐ機微について触れる印象的な箇所がある。

『濹東綺譚』の主人公、荷風の分身でもある「わたし」には終始、正体を隠すコスプレ趣味がある。怪しい春本めいた作品で食べるライターのふりをし、ヒロインの娼婦・お雪さんの目をくらます。冒頭からすでに知識人であるのに安い男に身をやつし、お雪のいる娼婦の場末町・玉の井へと入り込む。警官に尋問される。安岡はここを読んで、股引きをはいた品のない老隠居に仮装して友人知人をだます我が悪友、「狐狸庵の悪戯」を思い出してしかたないと述べている。青春時代を荷風文学に入れあげ、わざわざ隅田川沿いの小家に下宿などをした安岡は、親友・遠藤の作り上げた狐狸庵先生の仮面が、荷風文学への私淑に他ならないことを察知していたのだろう。

5

遠藤周作、安岡章太郎、少し遅れて、北杜夫。みな青春時代を太平洋戦争で台無しにされた作家である。居丈高に国民団結・最強国家を唱える大人の世界の崩壊を経験した。旧世界と新世界を生きた。彼らは共通して二つの顔をもつ。真摯な大河小説を書く。とともに軽くて愉快なたのしいユーモア文学をさかんに開く。戦争中にすっかり忘れられていた笑いの文化で、権威や形式主義を吹き飛ばした。人々の心を囲う差別や偏見の根拠のなさを、ユーモアたっぷりに笑って諷刺した。

とくに遠藤周作の狐狸庵先生シリーズと北杜夫の「どくとるマンボウ」シリーズの勢いはすさまじい。二つのシリーズは学歴社会が強化され、受験勉強と利己主義が新たな国家国民を再編成する愚を見逃さなかった。笑いと平和にみちた人生の幸福を、ユーモア文学をとおして啓蒙した。みずからグータラなダメ男を称し、大きく強く見せようとする人間の闘争心に待ったをかけた。だめで元々、好きに生きる姿勢と、周りを見まわしエリートであることに賭ける姿勢と——。さて、生きて必ず死ぬ人生時間を考えると、どちらが勝者で、どちらが敗者であろうか？　そう問いかけた。

現在でこそ、自己卑下の笑いは多様な文化分野でいきいきと活躍し、独自の立ち位置をもつ。ダメなことは、駄目ではない。かわいいダメも、楽しいダメもある。市民権をもつ。しかし少し後ろをふり返れば、笑いより〈成長〉〈前進〉〈真面目〉が絶対的価値をもつ昭和戦後が広がる。

たとえば、平成と令和においては日本の繊細な文化として世界的に評価される漫画やアニメの背景にも負の歴史がある。今からおよそ半世紀さかのぼる昭和三、四十年代には、漫画・アニメは子どもに勉学を忘れさせる毒のごとき娯楽と忌み嫌われた。少女漫画家の山岸涼子氏は子ども時代を回想し、愛して集めていた少女マンガ雑誌をすべて無断で母に捨てられ、その理不尽がどうしても納得できなかったと述べる。山岸氏と同世代のわたくしも母にマンガを禁じられ、読めば、だめな悪い子として叱責された恐ろしい記憶を小学生時代にもつ。テレビにも厳しい時間制限があった。サブカルチャーは〈悪い〉ものであった。

その頃漫画やアニメと微妙に連動し、小中学生にユーモアと笑いを届けてくれたのが、遠藤周作の狐狸庵先生であり、どくとるマンボウであった。それらのシリーズには、だらしない楽しい人間がたくさん登場する。旧制高校をわざと落第しつづける破天荒な先輩。勉強をしすぎて基本的な英単語を忘れてしまった哀切な大学受験生。ビートルズの来日に泣いて感激する女子高生。ほっとした。一見むだなことに夢中になるのも人生の力であることを知った。自慢するより巧みな卑下の方が、時におしゃれであることも学んだ。漫画やテレビとちがって、こちらは本である。教育ママ（昭和にはやった言葉。もはや死語である）も、まさかその中に糞尿の話や落第の話が続出するとは知らず、読書はいいことだと沢山のシリーズを買ってくれた。

原っぱで友だちと遊んだ昭和三、四十年代は今思えば懐かしい。のどかないい時期であった。一方で子どもを縛る優等生主義は色濃かった。一種の軍国主義教育の色調がいまだ残っていたのかもしれない。戦争は一代では終わらない。戦争で負けたとき子どもだった親世代の歯の食いしばり方が、もっぱら我が子を立身出世させようとする方向に向いていたのかもしれない。

だからこそ親の教えとはちがう、文学者という別種の大人が教えてくれた笑いの知恵はまことに貴重であった。競争文化とは異なる、粋な笑いの文化をたのしく体感できた。その中心にいた遠藤周作。狐狸庵先生はテレビ・コマーシャルにも積極的に登場し、ちいさな社会ブームをも起こした。戦争で寸断され、忘れられて久しい冷静な知性としての笑いを復活させた。その起源に永井荷風の江戸前のユーモア諷刺文学のあることは、改めて注目される主題であると思う。戦いのおこる時、国家の管理が厳しくなる時、いつも荷風はよみがえる。荷風を愛する誰かの手でよみがえる。

文学者、信仰者としての誠実さ

富岡幸一郎

遠藤周作の代表作である『沈黙』を軸に、遠藤さんとキリスト教についてお話ししたいと思います。

遠藤さんの『沈黙』は半世紀以上前に書かれた小説ですが、今日も読まれ、数年前にはマーティン・スコセッシ監督が時間をかけて映画化し、現代的な問題が提起された貴重な作品だと思います。

『沈黙』は最初は「沈黙」というタイトルではありませんでした。これは新潮社の純文学書き下ろし特別作品ですが、遠藤さんが考えていたタイトルは「日向の匂い」というものでした。これも後ほど少し作品との関連でご説明させていただきたいと思います。

なぜキリシタンが広がったのか

それでは『沈黙』の「まえがき」を見てみましょう。

「ローマ教会に一つの報告がもたらされた。ポルトガルのイエズス会が日本に派遣していたクリストヴァン・フェレイラ教父が長崎で「穴吊り」の拷問をうけ、棄教を誓ったというのである。この教父は日本にいること二十数年、地区長《スペリオ》という最高の重職にあり、司祭と信徒を統率してきた長老である。

稀《まれ》にみる神学的才能に恵まれ、迫害下にも上方《かみがた》地方に潜伏しながら宣教を続けてきた教父の手紙には、いつも不屈の信念が溢《あふ》れていた。その人がいかなる事情にせよ教会を裏切るなどとは信じられないことである。教会やイエズス会の中でも、この報告は異教徒のオランダ人や日本人の作ったものか、誤報であろうと考える者が多かった。

日本における布教が困難な状態にあることは宣教師たちの書簡でローマ教会にももちろんわかっていた。一五八七年以来、日本の太守、秀吉が従来の政策を変えて基督教《キリスト》を迫害しはじめると、まず長崎の西坂で二十六人の司祭と信徒たちが焚刑《ふんけい》に処せられ、各地であまたの切支丹が家を追われ、拷問を受け、虐殺されはじめた。徳川将軍もまたこの政策を踏襲して、一六一四年、すべての基督教聖職者を海外に追放することにした。

宣教師たちの報告によると、この年の十月六日と七日の両日、日本人を含む七十数人の司祭たちは九州、木鉢《きばち》に集められ、澳門《マカオ》とマニラにむかう五隻のジャンクに押し込められて追放の途につくことになった。それは雨の日で、海は灰色に荒れ、入江から岬のむこうをぬれながら船は水平線に消えていったが、この厳重な追放令にかかわらず実は三十七名の司祭が、信徒を捨て去るに忍びずひそかに日本にかくれ残っていた。そしてフェレイラもこれら潜伏司祭の一人だったのである。彼は、次々と逮捕され処刑されていく司祭や信徒の模様を上司に書き送りつづけた。今日、一六三二年三月二十二日に彼が巡察師アンドレ・バルメイロ神父にあてて長崎から発送した手紙が残っているが、それは当時の模様を余すことなく伝えている。」

冒頭には日本で長く布教していたクリストヴァン・フェレイラ教父の手紙が紹介されています。いよいよ弾圧が始まり日本から宣教師たちが追放される状況です。長崎の雲仙で修道士たちが地獄温泉の熱湯を掛けられて拷問を受けます。殺して殉教すれば、ますますその強い信仰にひかれて信徒が増えていく可能性がありますし、表向きはキリシタンではないけれども、隠れキリシタンが内在的に増えていく可能性があります。従って転ばせる、つまり棄教させることが一番重要でした。殺さずに拷問をして自ら棄教させることが、大きな方向性だった。

一六一四年に宣教師はマカオ・マニラに追放されます。一六三〇年代には激しい弾圧が始まりました。フェレイラは実在の人物ですが、彼は一六三三年に長崎で棄教しています。この小説にも出てきますように棄教した後、沢野忠庵という名を与えられている。

さらに一六三五年、第三次の鎖国令、一六三七年に天草・島原の乱が起きます。これは、非常に過酷な年貢の取り立てなどによる農民一揆ですが、その中にキリシタンの人たちもいて、天草四郎がその象徴的な存在になった。一六三七、三八年です。

フェレイラの棄教を聞いて、一六三五年にローマで潜伏布教を行うかどうかの議論がなされます。そしてポルトガルでも主人公に当たるフランシス・ガルペ、セバスチャン・ロドリゴ、もう一人マルタ——この人はマカオで病気になって日本には密航できないのですが——、最初はだめだということだったのですが、日本に行くことを許されて彼らが入ってくる。ですからこの厳しい状況は、ロドリゴたちは最初から分かっている。

一つの目的は、彼らの先生であったフェレイラ師が本当に棄教したのかを確認したいということです。もう一つは、弾圧され潜伏している日本のキリシタンたちにコンタクトを取り、その人たちを励ましたいという、この二つの使命、ミッションを持って日本に入る。

なぜこの時期、これほど日本にキリシタンが広がったのかを考える必要があると思います。

織田信長などもイメージすればいいのですが、信長は当時、一向宗、仏教と非常に激しい戦いをしておりました。一方で信長は西洋の鉄砲や新しい武器を積極的に使って、戦国の世を統一しようとしている。信長自身、キリスト教、キリシタンへの関心が強くありました。ザビエルなどによって西の方から宣教が日本に始まると、高山右近や小西行長、大友宗麟など、キリシタン大名が増えていく。

しかしより重要なのは、民衆にこのキリシタン、キリスト教が非常な勢いで広がっていったことです。農民、あるいは農民よりさらに貧しい人たち、いわゆる被差別部落の人たちです。そういう当時最も貧しい日本の階級層にキリシタンが入っていって、救いのメッセージを与えました。

これは信仰的な問題だけではなく、いろいろな慈善事業をキリシタンは施しています。例えばハンセン病の人たちにいわば病院を造って、いろいろな施しをしています。つまり仏教が救済の対象にしていない下層、貧困、病者に向かって、具体的な慈善の活動をしていったことは、非常に大きいと思います。

『沈黙』に出てくるトモギ村も農民と言っていますが、おそらくこれは農民以下の人たちです。ですから彼らにとっては、このキリシタンの教えでいう天国《パライソ》に行くことは大きな人生の救いであり、そして祈りであったといえると思います。日本のこの階層にキリシタンの教えが一気に広まっていったことが、重要だと思います。ロドリゴたちも最後は棄教してしまうのですが、潜伏キリシタンたちが江戸時代、長崎を中心にいました。

昔、これを隠れキリシタンと言っておりましたけれども、長崎が世界遺産になりましたので、概念をはっきりさせて今は潜伏キリシタンに統一しています。日本は明治維新で開国、近代国家になっていき、明治六年に禁教の高札が外され、西洋の列強とのさまざまな付き合いが出てきます。

明治四年に岩倉具視を代表にした使節団がアメリカ、ヨーロッパを回ります。後に明治十一年に久米邦武が、『米欧回覧実記』を書いていますが、訪問国はみんなキリスト教の国です。ですからキリスト教を弾圧していたら、日本は列強の国に相手にされない。

もう一つは幕末に不平等条約が結ばれ、これを直すためには西欧列強の国と伍して外交していかなければいけない。そうなりますとキリスト教の弾圧などはしていられない。『米欧回覧実記』を読みますと、岩倉具視、伊藤博文、大久保利通、木戸孝允（桂小五郎）が侍の髷を切って、タキシードを着て、ひげを生やして行く。岩倉さんは途中までちょんまげと着物で行ったようですけれども。

伊藤博文はこの際、日本をキリスト教にしようかということがあったということですが、いくら何でもそれはということで、まず禁教を解いた。そうなりますと隠れていた人たちはカトリックに戻れる。

ただ面白いことに、そのまま隠れ続けた人たちがいた。カトリック教会に戻らないで先祖代々、二百数十年受け継いだキリシタンのスタイル、信仰のスタイルをそのまま踏襲した人たちがいました。この人たちは隠れキリシタンの信仰を生きた。つまり明治以降も隠れ続けていた人たちで、今もいます。

身内の方が亡くなるとお寺でお葬式をやります。その後にひそひそと集まって、キリスト教のお葬式をやるわけです。オラショやいろいろなお祈りなどを受け継いでいる人たちがいます。ですから、カトリック教会に戻った人々を復活キリシタン、明治以降も潜伏時代と同じ隠れキリシタンと、そして江戸期の禁教時代に隠れて信仰を保持した人々の全体を潜伏キリシタンと一応分けています。

宣教師ロドリゴ

少し話がそれましたが、いずれにしてもこの江戸時代の非常に厳しい弾圧の中で潜伏していた人たちが残っていたということです。年表をご覧になっても弾圧というか、踏み絵をはじめとした非常に厳しいキリシタンの監視が続いてまいります。そういう状況下の日本にロドリゴとガルペは入ってきます。ロドリゴたちは最初、トモギ村という村の人たちと接触します。そして人の目がない夜中にひそかに、告解、洗礼等のキリスト教のサクラメント（秘跡）を行います。

カトリックもプロテスタントも、洗礼は聖職者でないと授けることはできません。告解というのはざんげです。カトリック教会は教会の中にざんげの部屋がありますが、プロテスタントはざんげ室はなく、牧師が毎日曜日の礼拝の最初の祈りのときに、告解、ざんげの祈りをします。その祈りに信徒は合わせる。信徒のざんげを、プロテスタントの牧師が代表するかたちをとります。カトリック教会は具体的にその信者と神父さんとのやりとりがある。こうしたものは秘跡（サクラメント）と言います。これは聖職者の資格がないとできません。

神父が追放されてしまうと、信者たちはこのサクラメンタルな洗礼や、コンヒサンつまり告解はできません。そこにロドリゴとガルペが入っていく。彼らは渇いていた人たちが水を求めるように、ロドリゴとガルペの秘跡を受けます。

ロドリゴたちは、自分たちは命懸けでやってきたかいがあると思うわけですが、接しているとだんだん、ロドリゴの中に、キリスト教の教えとこのトモギ村にいる百姓たちが考えているキリスト教は、少し違うような思いがわいてくる。彼らは十字架、あるいはロドリゴが持っているロザリオをものすごく欲しがる。

十字架というのはキリストの象徴であって、それ自体は礼拝の対象ではない。つまりキリストの教会は基本的に偶像礼拝をしません。ところが彼らは何か物を信仰しようとし、それを神様のように拝んでしまう。

そして彼らは、自分たちは祈っていれば死ぬとすぐに天国に行けるんですよね、と言う。これも『聖書』の教義とは違います。そういう彼らの態度にロドリゴたちは戸惑いますが、もちろん言葉も読めない、『聖書』もないわけですから、キリスト教の教義とは違うようだけれど、彼らの真摯な姿を受け止めていく。

この小説の一つのポイントは、ロドリゴの中のイエス・キリストの顔です。『聖書』の中にキリストがしゃべったことは書いてありますが、キリストはこういう顔をしていましたというのは書いていません。ただ後にさまざまな絵画がキリストの顔を描いています。あるいは聖顔布などといいまして、キリストの顔を付けた布の伝説からキリストの顔を描いています。

ロドリゴはこのイエスの顔を常に思い浮かべています。自分が厳しい状況のとき、自分が飢えているとき、そして農民たちの殉教を目にして心くじかれるときに、イエスの高貴なお顔、美しい、立派なお顔を思い浮かべます。ただ、小説を読んでいくと、ロドリゴが思い浮かべているイエスの顔が変わっていきます。美しい立派な高貴なお顔から、どんどん苦しげな暗い、苦渋に満ちた顔に変わっていきます。

最後にロドリゴも踏み絵を踏みます。その踏み絵の顔、つまり多くの人たちに踏まれて摩滅した、もう顔とも何とも分からないような、その姿がロドリゴの前に現れてきます。この小説は主人公の宣教師・ロドリゴの中で、彼自身のイエス・キリストへの信仰の変化が起こっていくことが、一つの大きなテーマになっていると思います。

もう一つはまさにこのタイトルの「沈黙」です。水刑や、殉教者の姿をロドリゴ自身が見る場面が作中にあります。

「殉教でした。しかし何という殉教でしょう。私は長い間、聖人伝に書かれたような殉教を——たとえばその人たちの魂が天に帰る時、空に栄光の光がみち、天使が喇叭《らっぱ》を吹くような赫《かがや》かしい殉教を夢みすぎました。だが、今、あなたにこうして報告している日本信徒の殉教はそのような赫かしいものではなく、こんなにみじめで、こんなに辛いものだったのです。

ああ、雨は小やみなく海にふりつづく。そして海は彼らを殺したあと、ただ不気味に押し黙っている。

（中略）

なにも変らぬ。だがあなたならこう言われるでしょう。それらの死は決して無意味ではないと。それはやがて教会の礎となる石だったのだと。そして、主は我々がそれを超えられるような試煉は決して与え給わぬと。モキチもイチゾウも今、主のそばで、彼等に先だった多くの日本人殉教者たちと同じように永遠の至福をえているだろうと。私だってもちろんそんなことは百も承知している。していながら、今になぜ、このような悲哀に似た感情が心に残るのか。頭に、なぜ、杭につながれたモキチが息たえだえに歌ったという唄が苦しみを伴って甦《よみがえ》ってくるのか。

参ろうや、参ろうや
パライソの寺に参ろうや。

私はトモギの人たちから、多くの信徒たちが刑場にひかれる時、この唄を歌ったと聞いていました。物がなしい暗い旋律にみちた節まわしの唄。この地上は日本人の彼らにとってあまりに苦しい。苦しいゆえにただパライソの寺を頼りに生きてきた百姓たち。そんな悲しさがいっぱいにこの唄にこもっているようです。

なにを言いたいのでしょう。自分でもよくわかりませぬ。ただ私にはモキチやイチゾウが主の栄光のためにうめき、苦しみ、死んだ今日も、海が暗く、単調な音を立てて浜辺を噛《か》んでいることが耐えられぬのです。この海の不気味な静かさの後ろに私は神の沈黙を――神が人々の嘆きの声に腕をこまぬいたまま、黙っていられるような気がして……。」

このモキチら三人の殉教の後に、ロドリゴは初めてこの神の沈黙という非常に重いテーマにぶつかります。小説を読んでいきますと、何で神様はここで黙っておられるのだろう、何で彼らを救わないのだろう、そういう問いが出てきます。ロドリゴは、恐ろしいが、と言いながら、もしかして神がいなかったとしたらとすら思います。

冒頭でもお伝えしたように、『沈黙』のタイトルは、最初、新聞の広告では「日向の匂い」になっていました。直前に新潮社が、書き下ろし作品のタイトルを『沈黙』に変えた。神奈川近代文学館の資料の「沈黙と日向の匂い」を紹介します。

「『沈黙』の主人公ロドリゴやフェレイラには実在のモデルがあり、執筆にあたり遠藤は、今日に残された数少ない史料から、彼らの棄教後の生活を知ろうとした。『沈黙』の末尾『切支丹屋敷役人日記』のもととなった『査祅余録《さけんよろく》』もそうした史料の一つで、外国人宣教師を幽閉した江戸小日向の切支丹屋敷の役人日誌である。遠藤はこのなかからロドリゴのモデル、イエズス会司祭ジュゼッペ・キャラが、踏み絵を踏んだ後もひそかに信仰をまもっていたことを示す部分を抜き出し、筆を加え作品の最終章とした。この最終章で示されたのは遠藤が当初作品の題名にと考えていた『日向の匂い』という言葉に象徴される、孤独な棄教者の背中を無言で照らし支える陽の光のような神の存在だった。『沈黙』という作品は、ある司祭が受難の末に〈人生の同伴者〉としての神を発見するまでの物語なのである。」

ただ遠藤さんが書きたかったのは、神の沈黙ではなく、むしろ棄教した後の宣教師です。踏み絵を踏んで棄教した後のロドリゴにも、彼を照らしている日の光がある。そこに神の存在を見いだそう、人生の同伴者としての神、キリストを見いだそうというのが、この物語の最終的なテーマになっていく。ですから遠藤さんはこのロドリゴが棄教した後、なおイエス・キリストとは何かを真に問い、キリストの光を受けていたことを書きたかったのだろうと思います。

キリスト教とは何か

そもそもキリスト教、イエス・キリストの信仰、そして教会とは何だろうということです。そもそも、今のイスラエルの地で生まれたイエス・キリスト教団は明らかにユダヤ教の分派です。ユダヤ教の中から出てきたイエス・キリスト教団、つまり新しいユダヤ教です。『聖書』では今、『新約』と言いますが、ユダヤ人はもちろん『旧約』という言い方ではなく、『モーセ五書』などと言う。つまりユダヤ教の中から出てきた新しい教団です。その本質は何かという問題に至り着くと思います。

戦国時代にこの日本という地でイエス・キリストを布教し、大名をふくめた少なからぬ日本人はある時期までキリシタンになったわけです。日本はもともと八百万の神の国です。キリスト教はユダヤ教、イスラム教と一緒で一神教です。日本人は多神教徒です。汎神論といいますか、自然の中に神々がいる。まったく違った宗教、精神風土の中に一神教たるイエス・キリスト教が入ってきます。

この問題は、キリスト教とはそもそも何かという問題と、まったく違う精神文化、自然文化の中に一神教が入っていくとはどういうことなのだろうかということがある。このテーマが『沈黙』の非常に大事なところになります。ロドリゴはとらわれの身になった後、自分の先生であったが沢野忠庵という日本名を与えられているフェレイラと西勝寺《さいしょうじ》で対面する場面を描いています。

「和服を着せられたこの老人のうすい背中に夕陽がいっぱいに当っている。うすいその背中を司祭はじっと眺めながら、むかし、リスボンの神学校で神学生の敬愛をうけていたフェレイラ師の姿をむなしく探そうとした。今はふしぎに軽蔑の気持も起らない。ただ魂の抜けた生きものを見るような憐れみの感情が胸を締め付ける。

『二十年』フェレイラは弱々しく目を伏せながら呟いた。『二十年私はこの国に布教したのだ。この国のことならお前よりも知っている』

『その二十年間あなたはイエズス会の地区長《スペリオ》として、輝かしい仕事を続けられました』司祭は相手を励ますように声をあげた。『あなたがイエズス会本部に書き送られた手紙を私たちは尊敬の念をもって読んできました』

『そしてお前の目にいるのは布教に敗北した老宣教師の姿だ』

『布教には敗北ということはありません。あなたや私が死んだあと、亦《また》、新しい一人の司祭が澳門《マカオ》からジャンクに乗り、この国のどこかにそっと上陸するでしょう』

（中略）

『二十年間、私は布教してきた』フェレイラは感情のない声で同じ言葉を繰りかえしつづけた。

『知ったことはただこの国にはお前や私たちの宗教は所詮《しょせん》、根をおろさぬということだけだ』

『根をおろさぬのではありませぬ』司祭は首を振って大声で叫んだ。『根が切り取られたのです』

だがフェレイラは司祭の大声に顔さえあげず目を伏せたきり、意志も感情もない人形のように、

『この国は沼地だ。やがてお前にも分かるだろうな。この国は考えていたより、もっと怖ろしい沼地だった。どんな苗もその沼地に植えられれば、根が腐りはじめる。葉が黄ばみ枯れていく。我々はこの沼地にキリスト教という苗を植えてしまった』

『その苗が伸び、葉をひろげた時期もありました』

『何時《いつ》?』

　はじめてフェレイラは司祭をみつめ、薄笑いをそのこけた頬にうかべた。そのうす笑いはまるで世間知らずの青年でも憐れんでいるようだった。

『あなたがこの国に来られた頃、教会がこの国のいたる所に建てられ、信仰が朝の新鮮な花のように匂い、数多い日本人がヨルダン河に集まるユダヤ人のように争って洗礼を受けた頃です』

『だが日本人がそのとき信仰したものは基督教の教える神でなかったとすれば……』

　ゆっくりとフェレイラはその言葉を呟いた。その頬にはまだ、こちらを憐れむような微笑が残っていた。

　わけのわからぬ怒りが胸の底からこみあげてくるのを感じ、司祭は思わず拳を握りしめた。理性的になれと必死に自分に言いきかせる。こんな詭弁《きべん》にだまされてはならぬ。敗北したものは、弁解するためにどんな自己欺瞞《ぎまん》でも作りあげていくのだ。

『あなたは、否定してはならぬものまで否定しようとされている』

『そうではない。この国の者たちがあの頃信じたものは我々の神ではない。彼等の神々だった。それを私たちは長い長い間知らず、日本人が基督教徒になったと思いこんでいた』

（中略）

『はじめは少しも気がつかなかった。だが聖ザビエル師が教えられたデウスという言葉も、日本人たちは勝手に大日《だいにち》と呼ぶ信仰に変えていたのだ。陽を拝む日本人にはデウスと大日とはほとんど似た発音だった。あの錯誤にザビエルが気づいた手紙をお前は読んでいなかったのか』

『もしザビエル師によい通辞がつき添っていたならば、そんなつまらぬ些細《ささい》な誤解はなかったでしょう』

『そうじゃない。お前には私の話が一向に分かっていないのだ』

（中略）

『お前には何もわからぬ。澳門やゴアの修道院からこの国の布教を見物している連中には何も理解できぬ。デウスと大日と混同した日本人はその時から我々の神を彼等流に屈折させ変化させ、そして別のものを作りあげはじめたのだ。言葉の混乱がなくなったあとも、この屈折と変化はひそかに続けられ、お前がさっき口に出した布教がもっとも華やかな時でさえも、日本人たちは基督教の神ではなく、彼等が屈折させたものを信じていたのだ』」

ほとんど一語も省かずに、スコセッシ監督はこのシーンを撮りました。つまり『沈黙』でこれは最も大事なところです。フェレイラは二十年間日本で布教し、そして日本人が受け取ったキリスト教は我々のキリスト教ではないと言っています。つまりゴッド、一神教としてのキリスト教の神と八百万の神や自然信仰、仏教でも大日如来といった信仰を日本人は取り違えていると言います。ロドリゴは、棄教した先生の詭弁だと反発します。この日本沼地論は思想的にも歴史的にもさまざまな議論があります。芥川龍之介に『神神の微笑』という「切支丹物」の短篇小説があります。そこで書かれているものも同じです。

政治思想の学者ですが、丸山眞男は日本歴史の古層というものがあると指摘した。日本人の歴史意識の一番底にあるもの、これは時代的に古いというよりは日本人の心の一番底にある感性で、外のものを受け入れてもすべて日本的なある種のトーンに変化させていくと。それは「次々に成りゆく勢い」。丸山眞男が『古事記』や『日本書紀』に出てくる文字を分析したものです。

これは日本の場合、天照大神から神武天皇、神話から歴代の天皇へと、神話から歴史にそのままするっと来ます。通常、中国などでも、盤古神話と中国王朝とは分かれます。日本の場合は、神武天皇から歴代天皇に入ってきて、今、一二六代まで来ている。ここでフェレイラが言っている沼地です。仏教も変質し、儒教も変質し、そしてキリスト教も変質した。この問題が『沈黙』の一つの大きなテーマになっていると思います。

ロドリゴも、このとき激しく自分の先生に反発しますけれども、彼自身も踏み絵を踏んで棄教します。この小説ではフェレイラもそうだったのですが、穴吊りの刑というのは、す巻きにして逆さにつるす刑です。そのままにしていたら血が上って死んでしまうので、耳の下に傷を付けて血液が頭にたまらないようにすると苦痛が長引く。これは棄教させるための殉教させてはだめなのです。

小説の中で、フェレイラ自身はこの穴づりの刑に耐えた。ただ信徒たちが、その刑に処される。その人たちの苦痛のうめきを彼は聞くのです。そこでフェレイラは踏み絵を踏みます。同じようにロドリゴも夜中にうめき声が聞こえてきた。最初、牢番のいびきだと思っていたのです。しかしそれはつるされている信徒、農民のうめき声です。そのうめき声が絶えず波のように耳を打ちます。そしてその姿を目の当たりにして、ロドリゴは踏み絵を踏みます。

「黎明《しののめ》のほのかな光。光はむき出しになった司祭の鶏のような首と鎖骨の浮いた肩にさした。司祭は両手で踏み絵をもちあげ、顔に近づけた。人々の多くの足に踏まれたその顔に自分の顔を押しあてたかった。踏み絵のなかのあの人は多くの人間に踏まれたため摩滅し、凹《へこ》んだまま司祭を悲しげな眼差しで見つめている。その眼からはまさにひとしずくの涙がこぼれそうだった。

『ああ』と司祭は震えた。『痛い』

『ほんの形のことだけだ。形などどうでもいいことではないか』通辞は興奮し、せいていた。

『形だけ踏めばよいことだ』

司祭は足をあげた。足に鈍い重い痛みを感じた。それは形だけのことではなかった。自分は今、自分の生涯の中で最も美しいと思ってきたもの、最も聖《きよ》らかと信じたもの、最も人間の理想と夢にみたされたものを踏む。この足の痛み。その時、踏むがいいと銅版のあの人は司祭にむかって言った。踏むがいい。お前の足の痛さをこの私が一番よく知っている。踏むがいい。私はお前たちに踏まれるため、この世に生れ、お前たちの痛さを分つため十字架を背負ったのだ。

こうして司祭が踏み絵に足を掛けたとき、朝が来た。鶏が遠くで鳴いた。」

この「鶏が」のところは『聖書』のペトロです。『聖書』でイエスが捕まるときに、弟子たちがみんな逃げてしまう。役人がペトロにイエスを知っているかと言うと、ペトロも知らないと言って逃げるわけです。弟子たちはイエスの奇跡も見ている。イエスはまさにメシアである、キリストである、神の子であるということを身近に見ていた。まさにイエスこそユダヤ人が待ち望んだ救世主である。彼らはそのイエスに使徒として選ばれた。その彼らでさえ逃げてしまうのです。復活したイエスとペトロが会う。ペトロは一番弟子です。でも信じられないわけです。イエスが十字架の傷に触れと言うと、その十字架の傷にペトロが手を差し入れる。絵や彫像になっています。

この「鶏が鳴いた」はまさにこの聖書、福音書からきているシーンです。そしてこのイエスの顔はロドリゴがイメージしていたイエスの顔ではない。でも、ロドリゴは実はこの瞬間に初めてイエスその人と出会っているのかもしれない。

「踏むがいい。お前の足の痛さをこの私が一番よく知っている。踏むがいい。私はお前たちに踏まれるため、この世に生まれ、お前たちの痛さを分かつために十字架を背負ったのだ。」

この言葉を遠藤さんは地の文で書いています。遠藤さんは、おそらくここでロドリゴはペトロと同じようにイエスと出会っているということを、お書きになりたかったのだと思います。

キチジロー（ユダ）とロドリゴ

もう一人大事な副主人公ともいえる人がキチジローです。キチジローはキリシタンです。家族もキリシタンなのですが、家族は踏み絵を踏まないで殉教します。彼だけが踏み絵を踏んで逃げてしまう。それでマカオでロドリゴとガルペと出会い、日本への水先案内人になります。いつも酒を飲んで酔っ払い、少し怪しげな感じの人物です。

キチジローはロドリゴたちに、自分はもう一回キリシタンに戻りたい、告解をしたいと言う。ロドリゴは最初、キチジローを信用しないが、キチジローの裏切りによって役人に捕まり、最後、踏み絵を踏むところまでいく。

キチジローはイエス・キリストにとってのイスカリオテのユダです。ロドリゴはキチジローを見ると、あのイスカリオテのユダのことを思い出す。キリストはユダのことをどう思っていたのだろうか。キリストもユダに裏切られます。銀貨三十枚。ですからロドリゴは、イエスはユダのことをどう思っていたのだろう、イスカリオテのユダというのはいったい何だったのだろうか、この解答はないと思っています。

『聖書』の中で自殺をする人はほとんどいないのですが、ユダは自殺します。このユダをどう解釈するか、なかなか難しいところです。ユダは十二使徒の一人です。イエスはあらかじめユダが自分を売ることを分かっていました。

イエスはゲッセマネにこもって祈りをします。自分は十字架につくと分かる。それで父なる神に祈りをします。どうかこの重荷から、自分のくびきを外してくださいとイエスは思う。けれども十字架を背負うことを決めます。そのイエスに十字架を背負わせたのがユダです。

カール・バルトという二十世紀のプロテスタントの神学者がいます。大変優れた神学者です。『教会教義学』という大著の中で、バルトはユダについて大変面白い解釈をしています。『聖書』においてユダの裏切りは、裏切ることではなく、イエスを引き渡すことであるという解釈です。ユダはイエスを役人に引き渡した。ですから裏切るというよりは言葉を厳密に定義すると、イエスを引き渡したのがイスカリオテのユダだと言っています。つまりユダがいなければイエスの十字架、イエスの復活、そしてイエスが預言した再臨はありません。従ってユダは弟子の中で最も重要な弟子であるとカール・バルトは解釈しています。

そして弟子の中で最も肉体的にイエスに接近したのがユダです。ユダは役人にこれがキリストだと知らせるために、接吻します。

ロドリゴに最後の最後まで寄り添ってくるのはキチジローです。『沈黙』の最後にある「切支丹屋敷役人日記」は昔の記録スタイルで書かれています。付録みたいに思われていますが、ここも読んでもらいたいと遠藤さんはおっしゃっていました。

ここでロドリゴは棄教して岡田三右衛門という名前になって江戸屋敷に行かされ、妻帯は本来だめなのですが妻も与えられてしまう。岡田三右衛門のところにキチジローもずっといて、小さい十字架を持っていたため捕まるという話がここに出てきます。

マーティン・スコセッシ監督の映画では最後に岡田三右衛門はお寺で火葬になるときにお棺の中で小さいキリストの十字架らしきものを持っていますね。あれは原作にありません。つまりロドリゴは棄教したけれども、最後まで十字架、信仰を捨てていないというスコセッシ監督の解釈です。

ロドリゴは踏み絵を踏んだ後、長崎の町の中に捕まって置かれている。長崎に精霊、先祖の霊を慰めるお祭りがある。転びのポウロと子供たちがみんなはやし立てて、この異人の周りに来る。

「ヨーロッパにいる澳門の上司たちよ。その連中に向かって彼は闇の中で抗弁をする。あなたたちは平穏無事な場所、迫害と拷問との嵐が吹きすさばぬ場所でぬくぬくと生き、布教している。あなたたちは彼岸にいるから、立派な聖職者として尊敬される。烈しい戦場に兵士を送り、幕舎で火にあたっている将軍たち。その将軍たちが捕虜になった兵士をどうして責めることができよう。

（いや。これは弁解だ。私は自分をごまかしている）司祭は首を弱々しく振った。（なぜ卑しい抗弁を今更やろうというのだ）

私は転んだ。しかし主よ。私が棄教したのではないことを、あなただけが御存知です。なぜ転んだと聖職者たちは自分を訊問《じんもん》するだろう。穴吊りが怖ろしかったからか。そうです。あの穴吊りを受けている百姓たちの呻き声を聞くに耐えなかったからか。そうです。そしてフェレイラの誘惑したように、自分が転べばあの可哀想な百姓たちが助かると考えたからか。そうです。でもひょっとすると、その愛の行為を口実にして自分の弱さを正当化したのかもしれませぬ。

それらすべてを私は認めます。もう自分のすべての弱さを隠しはせぬ。あのキチジローと私とにどれだけの違いがあると言うのでしょう。」

さらに、こういうふうに言うのです。その次の一行です。

「だがそれよりも私は聖職者たちが教会で教えている神と私の主は別なものだと知っている。」

この一行は非常に重要だと思います。自分の弱さを認める。愛を口実に自分の弱さを正当化したのかもしれない。そしてキチジローと私にどれだけの違いがあるのだろうか。

これはロドリゴが最後にたどり着いたことです。そのロドリゴにとって常にあの人の顔は、自分が踏んだ、踏み絵の顔です。

「それは今日まで司祭がポルトガルやローマ、ゴアや澳門で幾百回となく眺めてきた基督の顔とは全く違っていた。それは威厳と誇りとをもった基督の顔ではなかった。美しく苦痛をたえしのぶ顔でもなかった。誘惑をはねつけ、強い意志の力をみなぎらせた顔でもなかった。彼の足元のあの人の顔は、痩せこけ疲れ果てていた。」

この顔です。ロドリゴの中で、イエス・キリストの顔のイメージが変わってきています。最後に彼が出会ったキリストの顔はこの顔なのです。ロドリゴにとっての主イエスです。この物語はロドリゴという一人の宣教師のイエスに対する信仰の変化、深まりの物語としても読めますし、初案の「日向の匂い」というタイトルから考えれば、棄教してもなお、その背中を無言で照らしている神に光を当てました。

遠藤さんはこの人生の同伴者としてのイエスを強調されました。

画家のルオーのイメージもあります。ルオーは貧しい人を描いて、常に横に、あるいは背後にキリストの顔がある。あるいはピエロが貧しい人と一緒にいるのですが、それはキリストの形象と取れます。遠藤さんのイメージとルオーはつながっていると思います。

『沈黙』は宗教や信仰の問題など、実にいろいろなテーマを含んでいると思います。遠藤さんは「宗教の根本にあるもの」(『歴史読本ワールド』一九九三年)で「どの宗教を選ぶかは、その人の環境、文化、歴史的な影響が大きく働く。しかしそこで説かれていることは、根底においてはどの宗教でも結局、同じだろうと思う。同じ頂を目指して北から登るか、西から登るか、南から登るかの違いである。」と言っています。「だから、今、ヨーロッパの学者たちもだんだんこの問題に気づき始めて、『神は多くの顔を持つ』とか、『宗教的多元主義』とかいった本を書かれている神学者もいて、私はそれに非常に共鳴している。」と書いていいます。

遠藤さんは『深い河』を書かれる前後にイギリスの神学者、ジョン・ヒックの本を読まれています。この人が宗教多元主義と言っています。遠藤さんはとても分かりやすい言葉で言い直してくれています。神様というものがいるとして、あるいはそれを信じるとして、いろいろなところから登っていって、自分の神というものと出会う。ですから絶対にこの宗教でなければいけない、これは宗教原理主義です。それに対して宗教多元主義が大事だとヒックが言っています。

ヒックよりもずっと前に、遠藤さんはこの問題に出会っていたのだと思います。遠藤さんはカトリックを通してキリスト教に信仰を得て、勉強され追究されました。彼はある意味での宗教多元主義的な認識、つまりほかの宗教はだめであるということではなく、互いにそれぞれの神を持つ宗教多元主義的な方向を探ったのだと思うのです。そこにこの作家の、文学者としての信仰者の誠実さを見ることができるのです。

遠藤周作と歴史小説

高橋千劔破

遠藤周作さんとは、亡くなられる最後の十年間、色濃くお付き合いさせていただき、長崎や九州・五島列島、愛知県の犬山から江南市、木曾川筋などに何度もご一緒しました。

遠藤さんはある意味で歴史小説家と言ってもいい。代表的な作品の多くは、『沈黙』にしても『侍』にしても、『海と毒薬』などは古い時代ではありませんが、史実を基にして書かれたものです。

講談社が一九九五年から『遠藤周作歴史小説集』七巻を刊行しました。『女の一生』、『宿敵』、『反逆』、『決戦の時』、『男の一生』、『王の挽歌』、そして七巻目が『女』です。この最後の作品は、最初はお市の方と、その娘である茶々の生涯を通して、戦国の女性を書こうとしたものですが、遠藤さんはもう体力が弱られていて、なかなか物語がまとまらずに先へ先へ進んでしまい、江戸時代の中期ぐらいまで、いろいろな歴史上の女性たちを描いたエッセーのような作品になりました。これら全巻の解説を、遠藤先生のご指名で書かせていただきました。

今日は遠藤さんの「歴史小説」についてのお話をさせていただきます。

『武功夜話』との出会い

遠藤さんは、一九九五年に刊行された『女』の次に前田利家を書く予定で、「新潮」への連載を準備していました。しかし、残念ながら体を壊され、九六年にお亡くなりになられたので、その思いはかないませんでした。一九八九年以降、亡くなられる年までの間に書かれた作品は、『深い河』以外はすべて歴史小説です。

もともと遠藤さんは、山城を訪ねたり、忘れられた史跡に足を運んだりすることが好きでしたが、晩年に歴史小説を書くことに熱中したのには訳があります。『武功夜話』という史料と出会ったからです。『武功夜話』は、尾張国の丹羽郡の前野村、現在の愛知県江南市前野にある吉田家（旧前野家）の蔵に秘蔵されていた二十一巻からなる前野家文書といわれる史料です。一九五九年の伊勢湾台風で吉田家（旧前野家）の土蔵が一部壊れて、土蔵にあったいろいろな史料類を虫干ししたところ、その中にこの二十一巻からなる『武功夜話』と題された史料が残されていました。それを吉田家の当主である吉田龍雲《たつも》さんと、その弟の吉田蒼生雄《たみお》さんのお二人が解読し、全五巻（四巻本と補巻）にまとめて、一九八七年に私が勤めていた新人物往来社から出版しました。

　内容は、戦国期の木曾川筋の土豪である前野一族、ことに前野将右衛門という戦国武将の数々の武功を書いた、前野家の家伝書です。戦国軍記に類するものですが、この中にこれまで知られていなかった若き日の信長や秀吉の姿、ほとんど不明であった信長の側室について、彼女の名前が吉乃《きつの》というのもこの史料により分かりました。側室といっても長男、二男、三男を産んだ女性ですから、実質的には信長の正妻と言っていいと思います。

　刊行当時、『武功夜話』は大変な話題を呼びました。

　遠藤さんは、この前野家文書が見つかって、新人物往来社から本になるという記事を見つけて、すぐ私のところに電話をくださいました。本になる前に読みたいから、ゲラ（校正刷り）をくれないかと言うので、私がゲラの段階でお持ちして、遠藤さんは、それを読まれた。本になってからも本当によく読まれた。長崎市の遠藤周作文学館にある遠藤さん所蔵の『武功夜話』を見ますと、手あかで黒くなった部分が何カ所かあります。しょっちゅうめくって見ていた部分です。

　そこに描かれた戦国前野一族の故地である愛知県の江南市を遠藤さんと訪ねると、前野将右衛門たち前野一族の本拠であった前野家屋敷（現在の吉田家）も残っていました。家屋は何度かの建て替えを経て変わっていますが、空堀の跡や土塁の一部など、戦国期の土豪の屋敷をしのばせるのに十分な雰囲気を今にとどめていました。それだけではなく、蜂須賀小六が育った母の実家である宮後《みやうしろ》村、生駒八右衛門や吉乃の母が住んだ小折村、こういう地名が吉田家のある前野という字《あざ》に隣接して現代も残っていて、しかも屋敷跡を確認することができました。さらに、吉乃の墓も見つけました。『武功夜話』に描かれていた戦国時代の尾張の村々や、そこに盤踞した土豪たちの歴史が、四百年の時を経てなお、その痕跡をとどめていたのです。

遠藤さんが、この『武功夜話』に深く心をひかれた理由は、それだけではありません。吉田家を訪れたときに、玄関前の大きな楕円形の敷石に文字が彫ってあり、遠藤さんは思わずその文字を見て立ちすくみます。そこには「當家ハ吉利支丹宗門ニ非ス」と刻まれていたのです。かつては門前に立てられていたものです。

前野一族は、その多くがキリシタンでした。信長や秀吉と絡んで波乱のドラマを演じた前野一族は、江戸時代に入りますと尾張の故地に戻って帰農する。そして前野将右衛門のお兄さんに当たる雄吉《かつよし》、その孫に当たる雄翟《かつかね》という人が、「武門を相捨て百姓仕る者に無用と存念候も、前野一門中、立てし武功の数々このまま捨てがたく」ということで、編纂、執筆を続け、この『武功夜話』という家伝書を完成させたわけです。

しかし、雄翟はこれを公表しませんでした。巻の十一以降、この『武功夜話』の冒頭すべてに「當本貸出之儀平に断べし」と記しました。この雄翟が『武功夜話』の編纂に取り組んだ十七世紀の中ごろは、徳川幕府によるキリシタン弾圧の嵐が吹き荒れた時期です。

島原の乱が起こったのが寛永十四年（一六三七年）、十七世紀の中期に差し掛かるころです。この翌年、乱は鎮圧されますが、寛永十六年に鎖国令が発せられ、ポルトガル船の日本渡航が禁止されます。前後してキリシタン信徒が次々に摘発されて、改宗しない者は容赦なく処刑されました。それ以後も、信徒の摘発が執拗に続けられていきます。

遠藤さんの名作『沈黙』の背景をなす時代です。

前野家はキリシタン信徒でしたから『武功夜話』の公表を控えて、姓を吉田に改め、嵐の吹き去るのを待とうとしました。しかし、この宗門改に引っ掛かり、多くの前野家の人々がとらえられ、改宗を拒んで処刑されました。

遠藤さんは、「踏み絵を踏めと言われ、踏めば助ける、踏まなければ殺すと言われたら、俺だったらすぐ踏んじゃうな」と、よく冗談めかしておっしゃっていましたが、信仰の力はすごいです。踏まないで多くの者が処刑されたのです。

その中で、この雄翟の孫の雄利《かつとし》一人が宗門改の詮議を免れ、前野から吉田へ姓を変えて家を継ぐ。そして雄利が尾張藩から免許を得て寛文七年（一六六七年）に門前に立てたのが「當家ハ吉利支丹宗門ニ非ス」という碑でした。遠藤さんは、ゆっくりとご覧になり、「何とも悲しいではないか」とおっしゃって、しばし天を仰いでいました。

家門の存続のために踏み絵を踏まざるを得ない。さらにはキリシタン信徒にあらざることを石に刻んで宣言しなければならなかった、この雄利の心の痛みに、遠藤先生は思いをはせていたに違いありません。

遠藤さんがよく色紙に書く言葉は「踏絵を踏む足も痛い」でした。踏み絵を踏む足を通した「心の痛み」です。

その後、遠藤さんは何度となく江南市とその周辺の木曾川筋を訪ね、私も何度も同行させていただきましたが、この木曾川筋は、遠藤さんの心のふるさとの一つになったと思います。

遠藤さんはこの木曾川筋に広がる田園風景の中に、ドジョウ捕りに興ずる若き日の信長や藤吉郎＝秀吉の姿、吉乃のはかない生涯、キリシタンであった前野一族の悲劇に思いをはせながら、一連の作品を書き続けたのです。

『武功夜話』を根本史料とした、『反逆』、『決戦の時』、『男の一生』は互いに関連し合っています。戦国三部作として位置付けられるわけですが、さらに言うならば『宿敵』は、この三部作のいわばプロローグとも言うべき作品で、『王の挽歌』は、この三部作の番外編、『女』は補遺編といえるかと思います。

ただ『宿敵』だけは、『武功夜話』が発見される前に書かれています。しかし、この『宿敵』に書かれたいくつかの話は、『反逆』に受け継がれて深く掘り下げられます。

『宿敵』は、小西行長と加藤清正の息詰まるライバル関係を描いた物語です。遠藤さんは、『宿敵』の後書き「筆硯閑談」に次のように書いています。

「私の母方の先祖は戦国時代に現在の岡山県美星町のあたりに住んでいた竹井党という土豪だった。(遠藤先生のお母さんは竹井という姓でした。)この美星町は映画『八つ墓村』のロケ地になった小さな高原で小笹丸《おざさまる》というあわれな城跡がその丘陵の一つにある。私の祖先が根城にしていた山城である。……秀吉軍団の中国攻めの折、私の祖先の一人が岡山県の冠《かんむり》山城《やまじろ》にいた。天正四年四月のことである。その名を竹井将監《しょうげん》と言う。彼は冠山城の北の門の近くから乗り越えてきた加藤清正と戦い、首を取られている」

このことを知って、遠藤さんは加藤清正に興味を持ち、『宿敵』の物語を書いたという。

しかし、この『宿敵』を読んでも、冠山城の戦いも竹井将監も登場しません。それが登場するのは『反逆』という小説です。『反逆』は織田信長を軸に彼に反心を抱く戦国武将たちを描いた歴史小説です。前半が荒木村重の反乱、後半は明智光秀の謀反を中心に話が展開する。前半の副主人公と言うべき人物が竹井藤蔵です。備中吉備高原の小笹丸という小さな山城の城主であった土豪の竹井藤蔵こそが、遠藤周作の母方の遠祖です。もちろんフィクションで、実在の人物ではありませんが、竹井姓であった母への思いを込めて創作した人物です。

この竹井藤蔵は荒木村重に仕えますが、村重が信長に背いたことにより運命を狂わせてしまいます。しかし、藤蔵は主家を変えることをせず、荒木家を再興するために奔走して、最後は竹井将監と名を変えて冠山城の戦いで加藤清正に一騎打ちを挑み、華々しく討死を遂げます。『反逆』の執筆に先立って、一九八七年の早春と、同じ年の晩秋の二度、私は遠藤さんに誘われて吉備高原の美星《びせい》町を訪れました。初めに訪れたときに小笹丸の山城の跡に立った遠藤さんが、「それにしてもこのような小さな山城の土地を、俺の先祖は必死に守ろうとしたんだな」とつぶやいた言葉が、今も私の耳に残っています。

この戦国三部作は、地方土豪たちの「一所懸命」が主要テーマになっています。わずかばかりの土地を守るために必死になって戦い、土地を耕してきた先祖たちに対する思いです。

この『反逆』の中で遠藤さんは信長を絶対的な強者として描きます。自分以外は誰も信じない。一切妥協をせず、意に沿わぬ者は女、子ども、老人であろうとも容赦なく殺します。反逆者は一族郎党ことごとくを斬殺するという、揺るぎなき冷徹な強者として描くのです。

しかし、『決戦の時』の信長はまったく違います。惑い、悩み、反逆者も許さざるを得ない、まさに弱き者といえる若き日の信長を描きます。そして、その信長が時を経るに従って強者に変貌していく過程をこの物語の中で追っていきます。同時に前野将右衛門と蜂須賀小六という二人の木曾川筋の土豪を、若き日の秀吉に絡めて描きます。戦国歴史小説は多くの作家たちが書いていますが、遠藤さんの視点は、遠藤さんでなければ書けなかったと思います。

遠藤さんの多くの作品の主たるテーマが、人間の心の奥底で揺れる神への信仰と現実とのあつれき、矛盾の追究であることは言うまでもありません。理想と現実は常に一致しません。『宿敵』では小西行長と高山右近を通じて、この問題を掘り下げています。神の教えと戦国武将としての生き方の矛盾に悩み、高山右近はついに戦国武将であることをやめます。

一方、小西行長は帰郷してキリシタンであることをやめて秀吉に従います。しかし、陰ではキリシタン武将であり続けます。面従腹背、表面上では従っておきながら、腹の底では従わない小西行長を描くのです。

この高山右近の問題は『反逆』にも引き継がれていきます。結局、右近は一国をなげうってまで信仰を守り通すに至ります。遠藤さんは、その心の軌跡を詳しく描きます。しかし、『決戦の時』の中にはキリスト教の教え、神というものが登場しません。信長とかかわりの深かった宣教師、安土のセミナリヨもいっさい出てきません。遠藤さんは、あえてこの作品の中から、キリスト教の信仰と戦国武将としての矛盾・悩みを排除してしまいます。

なぜか。遠藤さんは、信長を、人を信ぜず、いっさいの宗教を否定し、自らが神たらんとした人物とします。遠藤さんは、この作品から神を排除することにより、神からも人からも孤立した、いわば魔王としての信長を描こうとしたのだと思います。

この神の不在という問題は、『決戦の時』に続いて描かれた『男の一生』にも引き継がれます。『男の一生』は、戦国武将前野将右衛門の生涯を描いた作品で、この戦国三部作の中では最も物語性に富む作品です。

物語の冒頭は、闇笛のシーンで始まります。

前野将右衛門は、高山右近に入信を勧められても、その教えを納得しない。身共にとって命のふるさととは、あの木曾川でござりますと言って入信しません。この作品は、木曾川が、宗教を超越した大きな存在としての「生命《いのち》」の象徴として描かれます。

その一方で、人の世の「無常」の象徴が闇笛で、無常の対極にあるのが木曾川です。『男の一生』の最後の一節は、この物語を書き終えた遠藤さんが木曾川のほとりに立つもう一人の自分を見つめているという心象風景を描いて、象徴的です。

「物語は終り、今は黄昏、私は川原に腰をおろし、膝をかかえ、黙々と流れる水を永遠の命のように凝視している。」

こうして『男の一生』の物語が終わります。

この後『王の挽歌』が描かれます。ここで遠藤さんは再び、『沈黙』以来のテーマである「神と信仰」、人としての生き方の問題に立ち返ります。主人公の大友宗麟は戦国の覇者の一人、巨大な戦国武将ですが、この大友宗麟を、少年のときから屈折を重ね、心の葛藤を強いられ続けた迷える魂の持ち主として描きます。

その大友宗麟の迷える魂の迷路からの出口にキリシタンへの信仰を配置します。しかし、キリシタンへの信仰が、大友宗麟の迷える魂を本当に救済し得たのか、その答えを書いていません。つまりキリスト教の教えとは何なのか、遠藤さんはいろいろな作品で問い続けながら、その答えをはっきりとは出していないといえます。

最後の作品となるのは『女』。お市の方に始まり、戦国から江戸時代にかけての歴史の流れを追いながら、その流れに翻弄されつつも必死で生きようとした女たちを描いた作品です。彼女たちの怨念、執念、あるいは絶望感というものも結局は歴史の流れの中では一こまにすぎません。それが作品を読み終えた読者の胸に残ります。島原の乱やキリシタン弾圧の話も、この物語の中に挿入されています。しかし、神への問いは希薄です。この作品に色濃く流れているのは、むしろ無常観です。

この作品には繰り返し、小谷城山麓の清水谷という小さな渓谷が描かれます。緑に包まれた清らかなせせらぎ、小鳥たちが歌う清水谷です。お市の方が浅井長政と共に短くも幸せな日々を過ごした場所、史跡はいま杉林になっていますが、お市の方の館跡を記す碑が建てられています。

そしてお市の長女の茶々（後の淀殿）にとって小谷城の清水谷は、幼き日の思い出の場所です。また千姫にとっては、伯母であり、しゅうとでもある淀殿から繰り返し繰り返し聞かされた懐かしい土地が清水谷です。

どのような生き方をしようとも、人の一生は時の流れの一こまにすぎません。そうした人間の世の無常の対極にあるのが、時を経ても変わることのない清水谷の清らかな流れであり、小鳥たちのさえずりです。

この『女』の最後の主人公、「加代」ですが、将軍の寵を受けながら大奥での争いに敗れて三宅島に流されます。その彼女の述懐が、遠藤作品の最後になるわけです。

「昔のことは、すべて夢の、また夢、この世は夢幻のごとし」

まさに象徴的です。

秀吉への特別な関心

これらの一連の作品には、もう一つ重要なテーマがあります。すべての作品に、準主人公ないしは重要な役割を担って登場する人物がいます。誰あろう秀吉です。『宿敵』における小西行長と加藤清正の対立は秀吉をめぐってのものです。秀吉は二人のライバル意識をあおり、二人を競わせる。そして、うまく二人を使いこなそうとします。

さらに文禄・慶長の役を描きますが、これは秀吉による、まさに無謀な侵略戦争であることを明らかにすると同時に、秀吉の死を巧妙に描きます。秀吉の死は、小西行長夫人による毒殺だとするのです。秀吉という人間が生きている限り朝鮮に対する出兵が終わらない。武将たちも帰ることができません。秀吉が亡くなることにより、遠征先から武将たちは帰ることができるわけですが、そのあたりを実に巧妙に描きます。これは、これまでの戦国歴史小説の視点にはなかったものです。また、醍醐の花見という秀吉の一世一代の大花見大会があります。朝鮮出兵の問題などいろいろうまくいかない中で、前田玄以など周辺の連中が、この花見大会を企画して秀吉を慰めます。それぞれが小屋を建て、その小屋を巡りながらサクラを見て回る。それを利用して小西行長の夫人が、秀吉に「毒煙」を吸わせるというスリリングな物語です。

また『王の挽歌』では、秀吉が権力を得るに従って、信長に勝る残虐で横暴な独裁者に変貌していく過程を追います。物語は、黄金趣味の成り上がり者の関白秀吉が大友宗麟を大坂城に引見する場面から始まります。熱海のMOA美術館に、この黄金の間、黄金で造られた茶室が再現されています。『女』は最後の作品ですが、前半は、秀吉の晩年の愛妾である淀殿を中心に展開します。淀殿は、お市の方の怨念を受け継いでいます。秀吉の側室になっていますが、母親の恨みを晴らそうとする。そういう中で、老醜をさらす秀吉の姿を描くわけです。

遠藤周作は、いろいろな作品の中で、それぞれの主人公の心の葛藤、苦悩を描きながら、その実、秀吉のさまざまな姿を執拗に追求しているのです。この六つの作品の秀吉に関する部分を抜き出して、つなぎ合わせますと、間違いなく大作『周作太閤記』が出来上がります。

『女の一生』に、「キクの場合」と「サチ子の場合」がありますが、遠藤さんは、その後書きで、

「『女の一生』は私の心の故郷である長崎への恩返しのつもりで書いた作品である。

私は長崎生まれでもなければ、長崎育ちでもない。今から十数年前、この街にはじめて旅してから今日まで、愛着は深まりこそすれ、弱くなったことはない。

（中略）

一人の小説家にとって、このような街にめぐりあったことは生涯の幸福である。そしてその幸福を今日まで私は充分に味わうことができた。そんな意味で、その長崎に恩返しのつもりで書いたのが『女の一生』の「一部・キクの場合」である。

一部は世に知られている「浦上四番《うらかみよんばん》崩れ」という幕末・明治の切支丹迫害事件を材料にした。したがってそこに出てくる多くの登場人物にはモデルがある。モデルとしてだけではなく、プチジャンやロカーニュ神父、高木仙右衛門や守山甚三郎たちのように実名をもって登

場させた人物もいる。

伊藤清左衛門もある人物をモデルにしたが、しかし最初のプランでは彼がこの小説のなかでこれほど重要な人間となるとは考えてもいなかった。

書きすすめるうちに、この陋劣《ろうれつ》な人間に私は同情し、同情しただけではなく愛情さえ抱くようになった。私は彼を最後まで見すてる気持ちにはなれなかった。

連載中にも二度ほど長崎に行った。キクやミツが歩いた路や伊藤がうろうろした坂路をのぼり、また浦上の丘にたたずんでは、私はあの浦上村の切支丹たちが私に書け、書いてくれと叫んでいるような気さえした。キクの故郷の馬込郷もかつての風景を失い、伊藤の勤めた奉行所跡にも近代的な建物が建っている。むかしの面影を残しているのは大浦天主堂——かつての大浦の南蛮寺だけだが、そこをひっきりなしに訪れる観光客たちは、どれほど浦上四番崩れが日本の近代化にどんな影響を及ぼしたかを知っているだろうか。

プチジャンが日本の切支丹を発見する切掛けになり、キクがその前で倒れた聖母マリア像はそのまま、この教会で同じ場所に残っている。

それにしても連載中、たくさんの方から励ましを受けた。特に長崎出身の方から、登場人物の長崎弁に間ちがいが少ないとおほめを頂くことが多かったが、これは長崎の歴史学者であり、浦上四番崩れの研究もされ、浦上に血縁を持っておられる故片岡弥吉教授の令嬢、片岡優子さんのおかげである。厚く御礼をもうしあげる。」

と、こう書きます。

私は平成元年の十二月に遠藤さんと長崎にご一緒させていただいたとき、『沈黙』の舞台となった外海《そとめ》地方にありますド・ロ神父記念館を見学し、島原半島を巡って長崎の街も歩きました。このド・ロ神父は、明治の初期に、本編の主人公の一人であるプチジャンに招かれて長崎にやって来て、やがて外海地方の出津《しゅつ》のカトリック教会の主任となり、布教とともに貧しい外海の農民、漁民のために献身的な社会事業を行ったフランス人です。

記念館の近くの海を見下ろす丘の上に、自然石に「沈黙」の一文が刻まれた文学碑があります。そのそばの売店で、遠藤さんに言われて、かんころもちを買って食べました。飢えに苦しんだ、この地の貧しいキリシタンたちをしのばせる悲しい味がしました。砂糖としょうゆを付けただけの串団子です。

春のように暖かいよく晴れた日でした。原城の跡も明るい日差しの中に眠って、三百五十年前の地獄図を想像することは困難でした。寛永十四年の十一月から翌年の二月にかけて、十六歳の少年、天草四郎時貞を盟主とするキリシタン一揆軍が、この原城に立てこもり、幕府の大軍による猛攻を耐え続けます。しかし、最後は老人や子供、女性も含めて一揆勢のことごとくが殺されて戦いは終わります。

城跡の一郭に枯れ草に覆われた大きな窪地がありました。遠藤さんが「ここに何百人もの老人や女性、子供たちが隠れとったんや」とおっしゃいました。十分な夜具もありません。十二月、今の一月です。寒いときです。体を寄せ合って寝たのでしょうか。さらに遠藤さんは、「排泄物の処理はどうしたんやろう、大変やったに違いない」と。史料には戦いの様とか勝ち負けは書かれていますが、ふん尿の処理などについては記されていません。原城には二万数千人、一説には三万人を超える人々が立てこもっていたといいますから、排泄された汚物の量は一日で数トンに及んだに違いありません。

私たちは、つい合戦の模様に目を奪われてしまいますが、しかし、どんなときでも人間の最も基本的な日常の営みがあったはずです。日常的な当たり前のことであるからこそ、あえて史料には記されません。戦いの経過とか英雄の奮戦ぶりに思いをはせるのではなくて、その中にあって無名の弱き人々の日常を見ようとする遠藤周作という人の目に、あらためて教えられる思いでした。

雲仙地獄もすっかり観光地と化していました。『沈黙』の冒頭で語られますが、この地で繰り広げられたキリシタン弾圧のまさに阿鼻叫喚図はもはや想像し難い。若い男女が湯煙をバックにVサインをつくって記念撮影をしています。その傍らで遠藤さんが黙って、不気味な音を立ててたぎる熱泥を見ていました。

それから大浦地区に行き大浦天主堂に行きました。グラバー邸にはたくさんの観光客がいますが、大浦天主堂には人が少ない。大浦天主堂の母子像は今でもあります。その前に遠藤さんが立って、ぽつんとつぶやきました。「ここで、キクが死んだ」と。『女の一生　一部・キクの場合』の主人公キク。キクはいとこのミツと共に長崎の商家に奉公に出て、幼い日の思い出の中にしまわれていた清吉という青年と再会し、そこからキクの悲劇が始まるわけです。

清吉はクロと呼ばれる隠れキリシタンでした。投獄されて津和野に流され、すさまじい拷問を受けます。しかし、清吉は信仰を捨てません。キクは一途に清吉への純愛を貫き通しました。そのために逆境に身を落としていきます。そして、清吉の心をとらえて放さないキリスト教を怨嗟しつつ、最期は大浦天主堂でサンタ・マリア像にみとられて死んでいくのです。

この『女の一生　キクの場合』も、単なるキクと清吉の純愛物語ではなく、幕末から明治初期にかけてのキリシタン史上特筆すべき大事件、「浦上四番崩れ」を余すところなく描いた歴史小説で、『沈黙』と対をなすキリシタン迫害史を描いた遠藤文学の傑作です。『沈黙』は島原の乱の後のすさまじいキリシタン迫害の嵐の中で、ポルトガルの司祭ロドリゴが、信徒たちの痛ましい殉教に接して、苦悩の果てについに踏み絵を踏むという物語です。その間、「主」は沈黙をし続けて語ろうとしません。

以後、日本からキリシタン信徒は表面上消え去りますが、『女の一生　キクの場合』は、この『沈黙』の二部と言うべき作品で、日本におけるキリスト教の「復活のドラマ」です。「主」は沈黙したまま去ってしまったのではない。殉教者の苦労も、棄教者の心の痛みもすべてを受け止めて、長い時を経て復活を待ち続けていたのです。キリシタン信徒の復活のシーン、これがこの作品の前半部分の大きな山場で、感動的なシーンです。これを語ると長くなりますので、どうぞ皆さん、あとは作品をお読みいただければと思います。

遠藤周作とフランソワ・モーリヤック
『炎の河』と『わたしが・棄てた・女』における「妙な渇望」

福田耕介

遠藤周作は堀辰雄から『曠野』（養徳社、一九四四年）を贈呈される前に、フランソワ・モーリヤックの『炎の河』（*Le Fleuve de feu*, 1923）の翻訳[1]を、書き込みを施しながら丁寧に読んでいた。しかし、これまでその書き込みや『炎の河』という小説自体が遠藤の作品世界と関連付けて論じられることはなかった。とはいえ、遠藤周作文学館所蔵の『炎の河』の巻末には、「此の書はカトリックの入門の書ではない。然し何等かの形で自己の奥底まで掘りさげ苦しんだ人は、此の書を了解するであらう」という書き込みが残されており、この小説が遠藤の「自己の奥底まで掘りさげ苦し」む体験と通底していることをうかがわせている。この書き込みを眼にした時から、若い時に『炎の河』を読んだ記憶が、のちに遠藤の創出する小説世界のどこかに痕跡を残しているのではないか、という問いがずっと心にかかっていた。

そこでこれまでは原文で読んで論じていたこの作品を、改めて遠藤の読んだ『炎の河』という翻訳によって読み直してみると、結末近くで、マリ・ランシナングという修道院に入った若い女性の死が、次のように修道女の手紙によって、男性主人公のダニエル・トラジスに告げられているところが眼に留まった。

この頃、ラドイス尼が彼に、マリイ・ランスィナングが幾月か肺結核を病んだ後、カルメル修道院で死んだことを知らせてきた。ランスィナング家の者は字が書けないので、彼女が代筆した誇張した言葉で書いてあつた。――マリイは非常に苦しみ、特に精神的に苦しんだのです。神から見放されたと思ひ込んでゐた彼女は、信仰の中にも苦しみを感じてゐました。そして、臨終の一日か二日前に漸く光明を再發見したのでした。そして、その時の微笑は死後でさへも、永遠に眠つた彼女の顔を輝やかしてゐました。(『炎の河』181-182)(2)

修道女が手紙で若い女性の死を男の友人に告げるという設定は、明らかに『わたしが・棄てた・女』(『主婦の友』一九六三年一月号~十二月号)のスール・山形が手紙で吉岡努に森田ミツの死を知らせるところと重なり合う。とはいえ、ラドイス尼の手紙の文面はこれがすべてであり、比較するに足るほどの内容があるとは言い難い。それでも、修道院に入ってなお神を感じられずに苦しんでいたマリが死の間際に「光明を再發見」することと、修道女と暮らしながら信仰を拒否していた森田ミツに、スール・山形たちが判断して死の床で洗礼を授けることとが共通する内容を含んでいると言うことはできるだろう。

そこで、『炎の河』の最初の読書体験からおよそ二十年を経て遠藤が書いた『わたしが・棄てた・女』を『炎の河』に対置してみると、ジゼール・ド・プレリと森田ミツというふたりの女性作中人物が、行きずりの男と肉体関係を持ち、そこから最終的に信仰に近付いていく運命を共有していることが眼に留まる。また、男性主人公に関しても、ダニエル・トラジスと吉岡努が、マリ・ランシナングと森田ミツという若い女性の記憶を抱えて生きながら、ジゼール・ド・プレリと三浦マリ子という別の女性と出会って親交を深めるところが共通点となっている。遠藤が影響を受けたかどうかではなく、遠藤の読んだモーリヤックの作品が照射し得るものを見定めるために、男性主人公とふたりの女性作中人物とのそれぞれの関係を、肉欲から信仰への歩みという共通するテーマから対置してみよう。

「清純を求める妙な渇望」

最初に、『炎の河』におけるダニエル・トラジスとふたりの女性、マリ・ランシナング、ジゼール・ド・プレリとの関係を振り返っておこう。作品の冒頭では、ダニエルが、夫と子供のある愛人から逃れてピレネーのホテルに隠棲している。「清純を求める妙な渇望」(『炎の河』10)に取りつかれた彼は、新たな出会いを「渇望」している。その「渇望」の源泉には、マリ・ランシナングという、故郷で子供時代を共に過ごした敬虔な少女の姿が刻まれている。ダニエルのことをじっと見つめ、「愚かしい微笑」(『炎の河』15)を浮かべるところが森田ミツとの共通点になっている。「十五歳の時、ダニエルは、上つ張りのむつちり脹れたこの娘の前で、悩ましい快樂が身に沁みこむのを覺えたのである」(『炎の河』14)とある通り、胸の膨らみによってダニエルの欲望を誘うこともあったが(3)、「彼女の無邪気さが気に入つていたので、彼はその頃もう純潔ではなかつたが、彼女を汚すことを自分に禁じてゐた」(『炎の河』14)。マリもおそらくダニエルの大切にする自分の「清純」なイメージを壊すことはできないと感じたからこそ、彼が第一次世界大戦に出征する時には、「無事で歸還したら修道尼になる誓ひをたて」(『炎の河』16)、それを実行したのだ。ダニエルと再会することなく、冒頭で引用した手紙にあるように、修道院で早世した。

ダニエル・トラジスは、ピレネーのホテルでジゼール・ド・プレリと出会い親しくなっていく中で、しばしばこの「清純を求める妙な渇望」を覚える。彼はマリ・ランシナングのような「サーヴィスを濟まし」ていない、「指の跡」（『炎の河』11）のついていない女性を求めているようだが、この「渇望」は、そうした女性に出会って肉体関係を持ってしまえば「清純」が失われるのではないか、かといって肉体関係を持たずに「渇望」が癒されるのか、というジレンマを孕んでいる。そこから脱却するには、肉体関係によっても失われることのない「清純」に巡り合わなければならない。

ダニエルはジゼールにそれを期待し、手を触れることのためらわれたマリ・ランシナングの「清純」とは異なる、「明日はもう、その美しい果実に手が触れられてる」（『炎の河』19）、彼女の脅かされた若さに引かれる。じっさい、ジゼールが未婚の母であることを察知すると、「慾望はもう彼の心になかつた」（『炎の河』87）。しかし、「母であり娘」という言葉が「處女の母」に変わり、「墮落が明かになつたにも拘らず」、彼女は「彼の心になほ娘として生き殘つてゐる」（『炎の河』88）。彼女に、「墮落」によっても消滅することのない「清純」をダニエルは感じ取ったのだ。

ジゼールに子供ができた事情は、のちに彼女の回想によって読者に開示される。第一次世界大戦中に、若い「見習士官」（『炎の河』132）と映画館で偶然隣合わせに座り、膝が触れたことから関係が始まった。「長い一生を共にこれから送る夫婦だって、始めはデパートの食堂でお好みランチを偶然、隣りあわせにたべるという、詰らぬ出来ごとから知りあったかもしれないのだ」(5・205)[4]と吉岡が書いているが、まさにその好例になっている。ジゼールと男は、そのままホテルに行って肉体関係を持ち、五日間会い続けた。

ジゼールが肉体関係に応じた動機は、「鎧を身から離し、自分の身を取り巻く天使らの包圍を打ち破り、許すべからざる行為を以つて、自分の生活の眞ん中に深淵を掘り下げたいといふ慾望」(『炎の河』134)に突き動かされたためであり、肉欲は特に意識されていなかった。肉体関係については、「あの薄汚いホテルで、彼は子供じみた愛撫しかジゼールに與へなかつた」(『炎の河』133-134)と書かれている。「子供じみた愛撫」だけが「彼女が好きだつた彼の唯一の愛撫」(『炎の河』134)であり、むしろ「子供」という言葉が欲情の生々しさを和らげている。背景には、この若い男が戦場に戻らなければならないという切迫した事情があり、じっさい、そのまま戦争に行って命を落とすことになった。[5]

ジゼールは、彼女の友人であり、保護者であるリュシル・ド・ヴィルロンが自分の娘としてホテルに連れてきた幼いマリ[6]が、じつは未婚のジゼールの子であることをリュシルが彼に暴露したと思い込んで、その事情を説明した手紙をドアの下から滑り込ませるためにダニエルの部屋を訪ねる。だが、ドアの外の気配を察したダニエルがドアを開けると、自分を縛るリュシルへの反抗から、強引に中へ入って彼女が主導して肉体関係を結ぶ。列車の中でその夜を振り返って、ジゼールは、「手紙を彼のドアの下へ滑り込ませる必要」はなかった、「帳場へ置けばよかつた」と下心のあったことを認め、最初の肉体関係以上に「あの恥づべき二度目の過失」（『炎の河』133）が許され難いものだと考えている。彼女は肉体関係に「快よい罪悪」（『炎の河』133）を求めたのであり、ここでは肉欲が容易には克服し難いことを強く感じさせている。

ジゼールが「回心」へと至る過程

ジゼールと肉体関係を持って別れた後も、ダニエルはやはり、「いや、他の女とは違ふ……失墜しても、妙な嚴粛さをもつてゐる……」と彼女のことを考え、彼女が「夢中になつても自分の神祕や優しさを棄てないユニークな存在」（『炎の河』185）であることを再認識し、結末でもう一度ジゼールに会いに行く。じじつ、彼女の暮らす町に行って、そこの教会で彼が眼にしたのは、合唱の子供たちに囲まれた「昇天する聖母」（『炎の河』188）のようなジゼールだった。「身を過つた後」に教会の「儀式」によって「洗ひ清め」られて、彼女の「無垢への涯しない更生」（『炎の河』190）が成し遂げられたのだ。そして彼が教会にいる間は、「神に忠實な者が主の御姿を見、御声を聞くあの闇」（『炎の河』191-192）に沈んだままついにそこから浮かび上がることがなかった。彼はジゼールに声をかけることなく、聖水に手を浸して、そのまま立ち去るのだ。

いったんは肉体関係で結ばれたジゼールが、「清純」を取り戻して、肉体関係によらずに彼の「渇望」を癒し得ることを暗示して、作品は終了する。ダニエルにおいては、過去に刻まれたマリ・ランシナングと現在時を生きるジゼール・ド・プレリに関して、二重に肉欲が克服されている。マリとジゼールもまた、それぞれ信仰に目覚めて肉欲から浄化される。ジゼールを再度捉えた執拗な欲望が、思いのほか、あっさりと克服されてしまうのだ。若い遠藤も、リュシルとマリと別れてしばらく父親のもとで暮してから再びリュシルの前に姿を現わした時には、ジゼールが敬虔な女性に姿を変えていることに着眼して、この再会を語ったⅣ章の最後に、こう書き込んでいる。

> 僕達はカトリック［一語不明］として此處のジゼールの回心を了解するが若し祈りの効果を知らない人がこれを讀んだらモリヤックは彼女自身の回心の人間的理由については別段口にしない。ポール・ブルジエと違ふ所である。

ジゼールの回心に関しては、遠藤が「祈りの効果」と書くように、Ⅳ章で「遠くからあたしを救つてくれた」(『炎の河』173)と言って、リュシルの「祈りと苦しみが遠くから役立つてゐた」(『炎の河』169)ことをジゼールが認めるとしか説明が与えられず、彼女の内面には触れられないことに遠藤は眼を留めずにはいられなかったのだ。

さらに巻頭の余白にも、同様の記述がある。

作家にとつて好奇、複雑な筋の展開は如何なる知的讀者をも惹きつける最も容易な手段であつて、これを使ふならば誰でも人を感動さす様な(例へばポールブルジエ)作品をものするは出来るのであるが、モリヤツクはそれをしない。しないために作品の大衆的刺激的興味を著るしく制約することは承知で、彼は敢へて書く。だから誰でもが彼の作品について行く事は出来ない。

「好奇、複雑な筋の展開」として意識されているのは、ここでもブールジェと比較されていることからわかるように、何よりもジゼール・ド・プレリが回心に至る過程であると思われる。

「泥の肉体を屈服させる人間のドラマは完全に内面で行われるものであり、言葉によっても仕草によっても表に洩れ出ることのないドラマを、どうやって描いたらよいのか」(拙訳)とモーリヤックが『悪』(*Le Mal*, 1924)の結末に書いているが、同じことを遠藤が彼なりに理解し、評価しているようにも思われる。(7)

しかし、これから比較の対象とする『わたしが・棄てた・女』がどちらかと言えば「大衆的刺激的興味」を「制約」しない、「誰でもが」「ついて行く事」のできる作品として構想されていることも忘れてはならない。思い出してみなければならないのは、一九四四年の『炎の河』の読書体験からおよそ六年後に出版された「フランソワ・モーリヤック」(『近代文學』一九五〇年一月号)の中で、遠藤が「ぼくは貴方の作品から恩寵の荘厳な光のかわりに、肉の失落・肉の孤独・肉の呻きしか学ばなかった」とモーリヤックに語りかけ、モーリヤックの「暗い顔の背後に」「自分自身の穢れ、痛責、呪咀を托してしまった」、「仕方なかったのだ」(12・95)と書いていることである。若い時に遠藤がモーリヤックから「恩寵の荘厳な光」よりも「肉の失落」を学んだのであれば、そのことは、そのふたつをテーマに持つ『炎の河』にも当てはまるはずだ。『炎の河』では、「肉の失落」がダニエルとジゼールにあり、最後にジゼールがいちおうは「恩寵の荘厳な光」に包まれて、それがダニエルにも伝播し、肉欲が克服された形になっている。同じテーマを扱う『わたしが・棄てた・女』の中で、『炎の河』で言い落とされていた「回心」に至る過程と肉欲の克服は、どのように描かれているのだろうか。

マリとマリ子

そこで、肉欲と「回心」を念頭に置いて、『わたしが・棄てた・女』に眼を転じてみよう。吉岡努もまた森田ミツの記憶を抱えて、妻となった三浦マリ子と暮らしている。ダニエルの記憶の中にいるマリ・ランシナングはもっぱら「清純」や敬虔さを表わしていて、一度も汚されることがないが、吉岡の記憶の中に消えることのない痕跡を残した森田ミツは、もっぱら男性の欲望にまみれて生きた女性であり、最後に修道女とともに閉鎖的な施設でハンセン病患者の世話をするところに、修道院に入ったマリ・ランシナングの面影を宿しているとはいえ、少なくとも吉岡と会っている時には、「清純」よりもはるかに肉欲を惹起する女性であり続けた。

男性主人公が現在の生活で向き合う女性も対照的である。『炎の河』では、ホテルで出会ったジゼールがダニエルの「渇望」の対象となり、森田ミツのように、行きずりの肉体関係の相手となる。『わたしが・棄てた・女』では、三浦マリ子が、やがて妻となる女性として吉岡の前に登場するが、吉岡が「恋愛の対象と欲望の対象とをわけること」(5・265)をわきまえていたために、マリ・ランシナングと同じように、単に肉欲を充足させるためだけの肉体関係によって汚されることがなかった。

そこで、結婚以前に肉体関係を持たないマリとマリ子を比較してみると、まっさきに眼を引くのが、三浦マリ子のマリがカタカナで表記されていて、マリ・ランシナングのマリと一致することである。モーリヤックの小説では、マリという名前が『蝮のからみあい』(*Le Nœud de vipères*, 1932)のマリのような敬虔な少女に与えられる傾向があるのは確かだが、三浦マリ子は特に敬虔なわけではなく、この一致は偶然である可能性が高い。むしろ、マリ子は吉岡に接近する過程で、「若い娘のもつ本能的なコケット」(5・259)を巧みに駆使し、「膝と膝とがふれあう時」の「彼女のやわらかい暖かい体温」や「髪の匂い」、「ゴムまりのような胸」(5・263)によって、吉岡に劣情を催させている。それでいて、肉体関係にはブレーキをかける術を心得ていたのであり、吉岡も率先して、肉体関係の相手としては「街の商売女や森田ミツ」(5・264)を選ぶのである。

つまり、このふたりの女性に関してはモーリヤックの世界では宗教が、遠藤の世界では結婚が「肉の失落」に対する防波堤となったのだ。マリとマリ子は修道院と家庭という異なる秩序の枠組みに守られていたのだ。

森田ミツにおける「聖女」

吉岡が肉欲に抵抗するためには、恩寵や信仰では不十分で、社会制度による縛りが必要とされた。じっさい、旅館に連れ込む最初の試みが失敗に終わった後にミツが彼に渡した「十字架」(5・219)という指標があったにもかかわらず、ダニエルがマリ・ランシナングに手を触れなかったのとは対照的に、吉岡は森田ミツに対する欲望に歯止めをかけることができなかった。そもそも、「清純」を求めるダニエルの「渇望」とは違って、吉岡がミツに抱く欲望は、少なくとも当時の吉岡の意識では、一時的な肉欲の充足だけを目指していた。しかしだからと言って、わざわざ「十字架」という言葉を書き留めるように、吉岡がミツの聖性を示唆する手がかりにまったく無自覚だったわけではない。じじつ、「ぼくの手記(一)」の最後を、「ぼく」は、「理想の女というものが現代にあるとは誰も信じないが、ぼくは今あの女を聖女だと思っている……」(5・205)という一文で結んでいる。つまり、ミツを「犬ころのように棄ててしまった」(5・205)出会いから、彼女を「聖女」だと見なしている「今」にかけて、「ぼく」の森田ミツ観が変化することが予告されているのだ。それは『炎の河』のジゼールに起こって、ダニエルに伝播した変化でもある。若い時に『炎の河』に関して「回心」への過程が語られないことに着目した遠藤は、成熟した小説家となって着手する『わたしが・棄てた・女』において、どのようにこの変化を語ってみせるのか。

まずそれを「ぼくの手記」から探ってみよう。語り手「ぼく」は、(二)と(三)で戦後の混乱の中で体験したバイトの話と組み合わせて、森田ミツとの逢引を語る。この部分に関しては既に詳しく論じたことがあるので繰り返さないが[8]、「ぼく」の手記には、ミツと会っている時間に対して、かつてそれを思い出している時と、それを記している「今」という二つの回想する時間があるにもかかわらず、かつて抱いたミツの否定的なイメージを「聖女」という「今」の観点から修正することを「ぼく」は意識的に拒み続けている。いくつかその例を挙げておくと、デパートの屋上で「突然、ミツの顔が心に浮んだ」時も、「水の表面に一度うかんで、また底ふかく吸いこまれたボロ屑」(5・244)というイメージだけをミツに与え、「この感傷はすぐ消えていった」(5・245)と、「感傷」で済ませてそれ以上には踏み込まない。三浦マリ子と国電に乗っている時に、車窓からミツを連れ込んだ旅館のある渋谷の通りを眼にすると、「このイメージはぼくの心を突然、針のように刺した」(5・262)。しかし、語り手は、「なぜか知らぬ」という当時の感想を繰り返し、「ぼくがこうして会社でも恋愛でも幸福なとき、あの娘は十字架をのこして、姿を消してしまったためかもしれぬ」(5・262)と「十字架」に言及しても、それが「手記」の中で現在の「聖女」という観点と結び付くことはない。

同僚の横領の罪を被ってミツが働いていた店を追い出されたと知った時にも、「ぼく」は、「他人のやった罪までひっかぶって、わざわざ自分の運命を狂わしてやがる。あの愚鈍な話しかた。俺が小児麻痺で体が不自由だと言っただけで、みんな与えてしまうような人のよさ。あれじゃ、どうにもなるまいな」（5・274）と肩をすくめてみせるだけなのだが、その時には、「人間は他人の人生に痕跡を残さずに交わることはできないんだよ」（5・275）という「声」が聞こえてくる。読者には「ぼくの手記」とともに小説を構成する「手の首のアザ」において、黄色いカーディガンを買いに行くミツに話しかけた「声」と同じものだとすぐに合点がいくのだが、やはり「ぼく」は「首をふって」歩き続けるという、かつて「ミツに眼もくれずに駅にむかって歩きだした」（5・275）のと同じ無理解な態度を繰り返すばかりで、「手記」を記す時にも、この「声」に耳を貸そうとはしない。「ぼく」は、読者がミツを「聖女」だと捉える手がかりを適当に案配しながら、かつてそれを否定したことを躍起になって書き留めていくのだ。

マリ子と結婚すると、「この小さな幸福に関係のないこと」は「いっさい無縁にしようと考えた」にもかかわらず、「ミツに年賀状を送った」（5・327）と書くが、自分のこの矛盾を分析しようとはしない。さらに、スール・山形の返事が来た時にも、やはり「読みながら、受けた驚きや衝撃のことは、ここで触れない」(5・328-329)とわざわざ断ってから文面を読者に開示して、じっさい、手紙を読み終わってからも、「誰だって……男なら、することだから。俺だけじゃないさ」(5・334)と、肉体関係を持った時点と同じ感想を繰り返すばかりだ。

　こうした態度を総合して考えてみると、「ぼく」はミツの「人のよさ」「愚鈍」には最初から気が付いていたのだが、肉体関係を持つ直前にそれを「鼻持ちならぬ感傷癖」(5・228)と切り捨てているように、それを踏みにじるようにして、彼女を強引に肉体関係に導いた。ソープの女性の身体に関して、「大根足とずんぐりとした胴と、それから馬鹿なような、人のよい笑い」は「森田ミツが同じようにもっている肉体だった」(5・256)と書くように、「人のよい笑い」もまた、身体とともに「ぼく」の性欲を高める要素となっていたのだ。

　もちろんミツと肉体関係を持った時点では、ミツの「人のよさ」が「聖女」に通じる資質であるとは理解していなかっただろうが、スール・山形の手紙を読んで、「手記」を書き始め、「ぼくは今あの女を聖女だと思っている」と記した時には、はっきりとそのことに意識が及んでいたはずだ。つまり、あまりにはっきりと、「人のよさ」と「聖女」を結び付けながら「手記」を書いてしまうと、ミツの「人のよさ」につけこんでそれを踏みにじろうとした自分が、無意識の内に瀆聖的な行為に性的な充足を求めたことが遡及的に浮き彫りになってしまうのだ。

その特殊性を意識するからこそ、「誰だって……男なら、することだから」と馬鹿のひとつ覚えのように繰り返しながら当時感じたことだけを無反省に書き続けて、自分の欲望が特殊なものだったことを隠蔽しなければならないのである。「ぼく」がミツを「聖女」だと思う理由が、ジゼール・ド・プレリが回心へと至る過程よりもはるかに言い落とされているのは、単に「恩寵の荘厳な光」が表現し難いものだからではなく、肉体関係の前から自分が「聖女」の顔も覗かせていたミツを抱いて「犬ころのように棄て」たいという特殊な「渇望」を抱いていたことがあからさまになってしまうからなのだ。

「聖女」と「聖女ロクスタ」

「聖女」に関しては、いったん吉岡の観点を離れて、「ぼくの手記（一）」の最後で「聖女」という言葉の挿入されるタイミングが、『テレーズ・デスケルー』(*Thérèse Desqueyroux*, 1927) の「序」の最後と響き合っていることも思い出してみなければならない。「序」の最後から二番目の段落で、作者を思わせる語り手がテレーズに語りかけるところを、遠藤周作の訳で引用してみよう。

テレーズよ、その苦しみがあなたを神まで導くことをぼくは願っていた。長いあいだ、あなたが聖女ロクスタの名にふさわしい女になることもぼくは望んできたのだ。だがそうなれば、悩める魂の罪のつぐないを信じる人でさえもぼくの願いを瀆聖だと非難しただろう。（14・127）

ここでも、毒殺をする女が「聖女」と見なされる可能性が仄めかされている。だがじっさいに作品を読むと、司祭に対する関心と子供の無垢に対する感性を保持しているとはいえ、テレーズが森田ミツのように他人のために自分を犠牲にした形跡もなく、「聖女」と見なすに足る要素をこの主人公に見出すことはできない。テレーズが「聖女」である可能性は、『わたしが・棄てた・女』以上に言い落とされている。

見落としてはならないのは、モーリヤックが「聖女ロクスタ」と書いたのに対し、遠藤が「聖女」とだけ書いたことである。「ロクスタ」とは、遠藤の訳注を引くと、「皇帝ネロ及びその母小アグリッピナに仕え、毒殺係としてクラウディウス帝及びその子ブリタニクスを殺害した」（14・127）女性である。つまり、明確な動機もなく、夫に毒を盛るテレーズの悪を表わしているのだが、「ぼくの手記（一）」では、「聖女」の後ろに「ロクスタ」に該当するミツの悪を言い表わす言葉が省かれていることになるのだ。

そこに当てはめることができるのは、もちろんミツの「愚鈍」や「人のよさ」であるはずがなく、遠藤の作品世界でほとんどの場合に厳しい断罪を招く、結婚前に肉体関係を許す女性の軽率さであると思われる。そこでまず、結婚前の肉体関係から妊娠することが、モーリヤックと遠藤の小説世界に共通して見出されるテーマとなっていることを振り返っておこう。モーリヤックの小説では、『炎の河』のジゼールの娘マリ以外にも、『蝮のからみあい』のルイの手記の第二部で存在が明らかになるロベールや、『黒い天使たち』（*Les Anges noirs*, 1936）において、結婚前にアディラが懐胎していたガブリエル・グラデールの息子アンドレスがいる。いずれの子供も、立派に生き永らえて作品の中で重要な役割を演じている。また、『炎の河』と並んで、遠藤が早い時期からこのふたつの小説を読み込んでいたことも偶然ではないだろう。(9)

逆に遠藤の小説では、多くの場合、結婚前の肉体関係からできた子供には誕生が許されない。『海と毒薬』（『文學界』一九五七年六、八、十月号）において、ミツという名を森田以前に与えられた佐野ミツの胎児は、「一生をこんな娘のために台なしにしたくない」と彼女を見下す戸田によって「掻爬」（1・155）される。「黄色い人」（『群像』一九五五年十一月号）では、デュランと出会う前にキミコが妊娠していたはずだが、デュランとの結婚生活に子供の生まれた形跡はない。『さらば、夏の光よ』(『新婦人』一九六五年三月号～翌年二月号、原題『白い沈黙』)では、戸田京子が南条の懇願に負けて結婚前に肉体を許して妊娠すると、南条が事故で亡くなり、子供は死産する。『悲しみの歌』(『週刊新潮』一九七六年一月一日号～九月二日号、原題『死なない方法』)ではハナ子が父親に対する反抗から男子学生と遊んで妊娠するが、父である大学教師の矢野が堕胎手術を受けさせる。

このことを踏まえて、森田ミツに眼を戻してみよう。ミツは少なくとも吉岡にとって、「誰だって……男なら、することだから」と繰り返さずにはいられない性的な魅力を備えていた。ところが、彼女の手首にアザができたことで、彼女の肉体に対して抱く「ぼく」の考えが一変する。「口では一時しのぎの慰めを言いながら、体は出来るだけミツから離れようとしていた」(5・327)とミツに最後に会った時のことを回想しているように、「手の首のアザ」によって初めて森田ミツの身体が「ぼく」の忌避するものに変貌したのだ。アザの体験はおそらく遠藤の世界で断罪される結婚前の肉体関係に彼女を導いた身体の「更生」のためにある。その過程は、「手の首のアザ」から読み取らねばならない。

「手の首のアザ」

「手の首のアザ」では、物語の外にいる語り手が、森田ミツに焦点を絞って物語を紡いでいく。（二）では、吉岡に棄てられたという自覚のない森田ミツが、肉体関係に応じた理由を、次のように振り返っている。

「あんなこと」はしたくなかった。（中略）吉岡さんがそんなことのために悲しい思いをしなくてもよいならと、彼女は考えてしまった。もともと、ミツは子供の時からなぜか、だれかが不倖せな顔をしているのを見ると、たまらなくなるのだ。ましてその不倖せな顔が自分のためであると、もう耐えられなくなる。あの時も、そうだった。坂道の上の雨のなかの旅館。痛かったが、辛抱した数分。（5・234）

ミツは肉体関係を「あんなこと」、「そんなこと」と軽くみて、吉岡の「不倖せな顔」を晴らすための手立てとした。彼女にとっては、肉体関係も「子供の時からなぜか、だれかが不倖せな顔をしているのを見ると、たまらなくなる」たぐいのことと同列であり、人のために痛みに耐える自己犠牲のひとつだったのだ。しかし、「ぼくの手記」を読んだ読者なら、そもそも吉岡が彼女といる時に幸せな顔をしたことがあったのか、という素朴な疑問を禁じ得ないはずだ。吉岡がずっと「不倖せな顔」をしていたのであれば、ミツの言い分は成り立たない。ミツが肉体関係に応じた理由を取り繕っているのでなければ、彼女が肉体関係を拒んだせいで、吉岡が「不倖せな顔」を見せたが、肉体を許した時にはそれが晴れたのでなければならない。自分の身体が吉岡を魅了することを意識したからこそ、ミツは吉岡がまた会いにくると思っているのだ。ここには「ぼくの手記」からはわからない情報があり、先に吉岡について述べたことと合致する。ミツが映画に登場する「大学生さん」(5・232)のイメージに吉岡を塗り込めて、その相手にふさわしい尽くす女性を演じようとするのも、肉体ばかりを求められる自分の現実を忘れるためなのだ。

語り手もまた彼女の不幸な子供時代を想起して、誰かが不幸であることに耐えられないミツの性質を裏付ける。「声」もまたまさにミツのその部分に語りかけて、黄色いカーディガンで着飾ることを諦めさせて、子供を連れて困窮していた母親を助けるという善行に導く。「聖女」と見なされるための伏線が周到に敷かれる一方で、「聖女」と対になるミツの娼婦的な部分は、「手の首のアザ」においても言い落とされている。たとえば「女なんか行けない、いやらしい酒場」(5・273)で働く彼女の仕事の内容も、客とのありきたりの会話以上には具体的に描かれないのだ。ハンセン病の疑いが高まった時には、街で見かけた三浦マリ子を憎み、「あなたたち誰でもを愛している神」(5・289)という張り紙にも意味を見出さない。このように「人のよさ」には収まりきらない面も引き出されているが、それも彼女の仕事には関わらないところに限られている。しかも、それに拮抗する形で、自分が辛いのにもかかわらず、列車で席を譲る善意が描かれて、彼女の憎悪が突出することは回避されているのだ。

施設での生活を語る「手の首のアザ(四)」でミツが吉岡との出会いを振り返る時にも、相変わらず「大学生さん」というイメージが繰り返され、ミツが「すべての女の子と同じように、恋というものに憧れていた」(5・303)だけだとされる。言うまでもなく、結婚前に肉体関係を持つことが「すべての女の子と同じ」はずはない。吉岡もミツもほかの男女と自分が同じだと考えるところは共通しているが、吉岡はその背後に自分の聖性への「渇望」を、ミツは自分の娼婦的な魅力を隠蔽している。誤診が判明し、駅まで行く時に、「吉岡さんにまた、会える!」(5・313)と考えるように、ミツは自分が健康な身体を取り戻せば、吉岡がまた近寄ってくると考えずにはいられない。「手の首のアザ」の体験によっても、森田ミツの「女」が根本的に変化することはなかったのだ。

解放されたミツはそれでも駅の長椅子に腰を下ろして、「なぜ、こんな苦しみが自分にだけ与えられたのだろう」（5・318）と考える。結婚前の安易な肉体関係や水商売が、かつて母親の言った「悪いこと」（5・286）であるとは思い付かない。転換点となるのは、駅で三浦マリ子と偶然に再会したことである。註8に掲げた拙論で既に述べたように、この時のマリ子はさりげなくミツを自分と吉岡の世界から遠ざけようとしている。ミツもまた「自分の住む世界と彼女の世界とは生れつき違うこと」を「ぼんやりと」（5・319-320）感じ取る。遠藤周作の小説世界では、結婚前に肉体関係を許す女性の世界と「妻」となる女性の世界とが峻別されることを彼女もようやく意識するのだ。この時「生れつき」とミツが考えることも重要である。最後までミツは吉岡によって人生を狂わされたとは考えていない。男の性欲の対象となることは、ある程度彼女の本性に沿ったことなのであり、彼女の背負った「呪咀」であると言えるだろう。

次にミツは、母親に見送られて東京に奉公に出る娘を目撃する。実母を失った彼女には、帰るべき母親がなく、「その東京で昔と同じような一人ぼっちの生活を送らねばならぬ」（5・320）ことを認めざるを得ない。「一人ぼっちの生活」であり、そこに伴侶としての吉岡の姿はない。吉岡と出会う前に、「川崎の下宿の小さな冷たい部屋」で送っていたような、「うすい布団をあごまでかけながら」（5・320）寝そべる生活に戻るほかはないのであり、それがテレーズ的な誘惑する姿勢であることも註8の拙論で述べた通りである。この時、ミツはようやく誘惑する女性に戻ることを拒否して身体が忌避されることに慣れた人たちの世界に戻ることにした。最後には、「生まれつき」「色気発散」（5・333）させる身体をトラックに差し出して卵を守ることでミツは「女」を棄てようとしたのであり、そこに「聖女」という言葉のはめ込まれるべき空隙が生まれているのだ。

「聖女」に対する「渇望」

ダニエル・トラジスは、記憶の中に刻まれたマリ・ランシナングから与えられた「清純」に対する「渇望」を、行きずりの肉体関係の相手となったジゼール・ド・プレリの敬虔な姿によって癒されたことを感じさせて作品から姿を消す。吉岡努は、記憶の中に行きずりの肉体関係の相手だった森田ミツを抱え、「小さいが手がたい幸福」を手にしていたはずの結末においても、「しかし、この寂しさは、一体どこから来るのだろう」（5・334）と、「寂しさ」を払拭できずにいる。むしろ、最後に「ぼく」がマリ子との「幸福を、ぼくはミツとの記憶のために、棄てようとは思わない」（5・334）と書くことからは、森田ミツとの体験を「手記」に記していく内に、「ミツとの記憶」から、マリ子との生活とは相容れない、「聖女」に対する「渇望」のようなものが次第に意識の領域に上ってきたことをうかがわせている。そして、その「渇望」が肉欲を満たすためだけに肉体関係を求めたはずのかつての自分にも遡及的に浸透してしまうために、「ぼく」には「聖女」であるミツを正面から見すえて回想することができなかったのだ。

もともと遠藤周作の小説世界には、結婚した女性が「女」から瞬く間に「妻」「母親」に姿を変え、男性の方も、「男」から「夫」「父親」に変わらなければならないと感じて、圧迫感を覚える姿が多く描かれている。『わたしが・棄てた・女』では、「いい奥さん」(5・326)に変貌したマリ子が「夫」であり「父親」となる「ぼく」の生活に鎮座する一方で、かつて「男」だった「ぼく」に働きかけた「ミツとの記憶」が心に残っていて、「手がたい幸福」をはずれた領域へ「ぼく」を誘い続けているのだ。そこには、聖性が肉欲を浄化することなく、肉欲も信仰も渾然一体となって存在しているのだ。

ミツが最後まで信仰を拒んでいたのは、「神さまがなぜ壮ちゃんみたいな小さな子供まで苦しませるのか、わからないもん。(中略)子供たちをいじめるものを、信じたくないわよ」(5・332)と語るように、子供の苦しみを許容する神を容認できなかったからである。その時思い出してみなければならないのは、父親が再婚して「自分の存在が新しい母親の倖せをさまたげることを、幼い頃から彼女は子供心に感じていた。ミツは自分がいるために、よその人が気の毒な思いをするのに耐えられない」（5・235）とあるように、ミツ自身が自分自身の存在に苦しんだ子供だったことである。その「幼い頃」から感じていた「よその人が気の毒な思いをするのに耐えられない」という思いから、吉岡に安易に身体を許す気にもなったのだ。

ミツのことを父親が再婚したために邪魔になった娘と表現してみると、まっさきに思い出されてくるのが、『「海と毒薬」ノート』（『批評』一九六五年春号）の中に遠藤が「テレーズ・デスケルウのごとく額が広い、頬骨のとび出た女」に関して、「結婚によって彼女が失ったのは母性である」、「情夫の愛をえるために子を殺した母親」（15・262）と記していることである。じっさい、『青い小さな葡萄』（『文學界』、一九五六年一月号〜六月号）に既に「男ができたので七歳になる娘が邪魔になっ」て「子殺しの罪をおかした」（1・58）女性を登場させているように、テレーズ・デスケルーをモデルとする女性作中人物に遠藤は最初「子殺しの罪」を与えていた。ここでは再婚するのが父親であるという違いはあるが、森田ミツはまさに、その殺される子の位置を占めていて、「生れつき」とあったように、情欲もおそらくは遺伝的に「子殺し」のタイプの親から引き継いだ「呪咀」に違いないのである。

肉欲も「回心」も、『炎の河』ばかりでなく、『わたしが・棄てた・女』にも当てはまるテーマであるが、『わたしが・棄てた・女』の方が、はるかに「恩寵の荘厳な光」が希薄で、最後まで肉欲と「聖女」をめぐる「自分自身の穢れ、痛責、呪咀」が執拗に吉岡の生活を引き裂いている。おそらくその裂け目から、若い遠藤が『炎の河』に書き込んだ「何等かの形で自己の奥底まで掘りさげ苦しんだ人」もまた、顔をのぞかせているのである。

注

（1）本稿では遠藤が一九四四年に読んだ翻訳『炎の河』（二宮孝顯訳、青光社、一九四〇年）の訳文を参照し、引用の後にカッコでくくってタイトルとページ数を示すことにする。なお、邦題は今では一般に『火の河』とされている。

（2）この部分に遠藤は、「f'''」と書き込んでいる。fはおそらく「信仰 foi」を表わす略号であり、結末で大文字の「F」に至るための三つ目の段階として捕捉されていると推測される。最終頁である一九二頁の上部には、「f－f'－f''－f'''－F」という図式が書かれている。

（3）この点については、拙論「フランソワ・モーリヤック『火の河』における「火」と「水」の接合」『仏語仏文学研究』第四九号、東京大学仏語仏文学研究会、二〇一六年、四一二頁を参照のこと。

（4）遠藤周作の作品からの引用は、原則として、『遠藤周作文学全集』全十五巻、新潮社、一九九九年－二〇〇〇年により、引用の最後にカッコでくくって、この全集の巻数と頁数を（5・205）のように略記する。

（5）第一次大戦と第二次大戦という違いはあるが、『炎の河』を読んだ頃に、遠藤周作もまた同じように戦時下に暮らしていた。たとえば『どっこいショ』(『読売新聞』夕刊、一九六六年六月九日〜翌年五月十五日)には、向坂善作が、出征の前夜に「愛情ではなく、エゴイズムから」芳子の「体をだいていた」、「その唇に唇を当てていた」ことで「きたない。お前はきたない」(講談社、一九六七年、三五頁)と自分を罵る姿が描かれている。

(6) ジゼールの娘のマリに、敬虔なマリ・ランシナングと同じファーストネームが与えられていることは、この作品内で彼女の誕生が祝福されたものであることを感じさせている。

(7) 遠藤は『悪』の前身である『ファビアン』を読んでいる。「偶然、絶版になっている同じ著者の初期の小説「ファビアン」を手に入れ、悦んだのも懐かしい思い出である」(「長篇の愉しみ『テレーズ・デスケルー』」一九六二年、『春は馬車に乗って』、文藝春秋、一九八九年、一二七頁)。

(8) 拙論「『わたしが・棄てた・女』における「うす汚い娘」をめぐる言説」『遠藤周作研究』第十二号、遠藤周作学会、二〇一九年、三二-四七頁。

(9) 遠藤は『三田文学』一九六九年八月号において、上総英郎に次のように語っている。「きょう題になるテレーズは比較的後で読んで、それこそ「炎の河」だとか、「黒い天使」だとか、日本訳では「遺書」となっているけれども例の「蝮のからみあい」、ああいうものは読んでいて、大学の二年ぐらいに版画入りの「テレーズ・デスケルウ」を偶然、渋谷かなんかの古本屋で見つけてきてね」(「モーリアック『テレーズ・デスケルウ』と私」、上総英郎『遠藤周作へのワールド・トリップ』、パピルスあい、二〇〇五年、六七頁)。

あとがき

私ども世田谷文学館では二〇一〇年からほぼ毎年、生前からひろく読みつがれ、惜しまれながら物故された文学者の業績をあらためて顕彰する試みとして、「連続講座」を開催してきました。各講座とも五人の講師に出講をお願いして、それぞれかねがね熟考された所説を自由に述べて頂くのが通例になりました。幸いにして、毎回、来館された聴講の方々からも熱心な支持を賜ることができて、文学館の事業として確かな成果をあげたと考えています。

ただ一度だけ例外的に、現役作家の村上春樹氏を演題に選ばせて頂いたことがあります。国際的にひろい読者層の注目を集め、高い評価を受けているらしい村上氏の小説の魅力はどこにあるのか——それを考察するのは、時宜にかなった企てだという判断に立ってのことでした。

遠藤周作氏が帰天されたのは一九九六年九月二十九日、光陰矢の如しという古諺を思いださずにいられませんが、来年には四半世紀の歳月が経過したということになります。四半世紀＝二十五年。しかしわが時間感覚は鋭いのかそれとも鈍いのか、とにかくその歳月の数をただちに受けいれてくれないのです。まさか昨日とか先月とか思うわけではありませんが、たかだか数年前くらいにしか感じられてなりません。それというのも、遠藤氏の小説が私のなかでまだ生きつづけているからではないか。時間感覚が正常に働いてくれない理由をあれこれ探ってみても、出てくる答えは結局そのあたりに落着くしかないようです。

しかし錯覚を振りはらって回顧してみると、これまで四半世紀のあいだに、遠藤氏の遺された業績をめぐる論考、あるいは遠藤氏の人格や生涯を愛惜する追悼の文章に眼を通した記憶は、決して少ないとはいえません。そういう積み重ねのなかで、迂闊にも私が見落していたり、思いもつかなかったりした事柄がきちんと指摘されていて、貴重な教示をあたえられたこともあります。また、公刊されたその種の文業すべてに接したわけではありませんから、管見の及ばなかったもののなかに、名論卓説が見つかるはずだということも、もちろん十分に推測されるところです。

そのような事情を顧みるだけでも（顧みるまでもないかもしれませんが）、遠藤氏が忘れられた文学者でないという事実はすぐに分ります。いや、忘れられないと言っても十分ではありませんから、もっと適切を期して現存する文学者であると言いかえることにします。実際、遠藤氏の熱心な読者はひろい年齢層にわたって、また性別を問わず、数多く存在すると聞きおよびますし、第一（というのは烏滸《おこ》がましいかもしれませんが）、遠藤氏の小説は私のなかで生きつづけていると、いましがた明言したばかりです。要するに、遠藤氏は物故してなお現存する文学者なのです。

「遠藤周作　神に問いかけつづける旅」と銘打って「連続講座」を開こうと決めたのは、遠藤氏をめぐる以上のような現況を勘案した上でのことでした。さらにまた、現在、日本において文学全体がどのような状況に置かれているか、それも考えあわせてみました。いずれにしろ、遠藤氏が小説家としてデビューされた時期とか（ほぼ七十年前）、『侍』を書かれた円熟の時期とか（ほぼ四十年前）、いつであれ昔日の状況に較べて（七十年前と四十年前とでは既に隔たりがありますが）、現状はなんとも測りがたいほど大きく離れています。誰がどう見ても、その懸隔は否定する余地がないと言わざるを得ません。しかし、この低落した状況のなかであればこそ、現存する遠藤氏の遺業から新しく汲みとれるものがあるはずです。そうした期待が実を結ぶことこそ、私ども文学館が願ったところでしたし、「連続講座」をまとめたこの一冊にも、同じ願いが込められていると理解して頂ければと考えております。

「連続講座」は二〇一九年九月から十月にかけて、次のような日程で開催されたことを念のため記しておきます。

加賀乙彦氏――九月二十一日
持田叙子氏――九月二十九日
富岡幸一郎氏――十月五日
高橋千劔破氏――十月十九日
福田耕介氏――十月二十七日

五名の方々には講座でお話し頂いた内容に、それぞれ加筆・補筆を加えて頂きました。また、「西欧と日本のあいだ 「神」をめぐって 文化風土をめぐって」と題して巻頭に収載した拙文は、この書物のために書いたものですが、講師の方々と歩調を合わせるつもりで話体にしたことを言いそえておきます。「まえがき」に当る拙文、そしてこの「あとがき」を書いたのは、日本のみならず世界中が「新型コロナヴィルス（COVID-19）」の感染拡大の恐怖と不安に悪戦苦闘する日々のさなかでした。偶然のことながら、そんな時期に遠藤氏の小説と関わりをもつようになったのが、なにか不思議な暗合と思えてなりません。遠藤氏の小説に登場する人物たちの苦しみ、悲しみ、悩みがいっそう切実に共感されるせいでしょうか。

最後になりましたが、「連続講座」をこうして一冊にまとめて刊行する運びになったのは、ひとえに慶應義塾大学出版会の佐藤聖氏のご高配によるところ多大なものがあります。厚く御礼申しあげます。そしてまた、慶應大学でフランス文学を学ばれた遠藤周作氏の業績を顕彰する一書を、由縁の深い出版会から刊行できたことは、私どもにとって大きな喜びです。有難うございました。

二〇二〇年五月　菅野昭正

◆編者
●菅野昭正（かんの　あきまさ）
1930年生れ。東大仏文卒。東大名誉教授。日本フランス語フランス文学会名誉会員。著書に『ステファヌ・マラルメ』（読売文学賞）、『永井荷風巡歴』（やまなし文学賞）、『変容する文学のなかで』（全3巻）など。訳書にクロード・シモン『ファルサロスの戦い』、ミラン・クンデラ『不滅』、ル・クレジオ『アフリカのひと』など多数。

◆著者
●加賀乙彦（かが　おとひこ）
1929年生れ。東大医学部卒。日本ペンクラブ名誉会員、文藝家協会・日本近代文学館理事。カトリック作家。犯罪心理学・精神医学の権威でもある。著書に『フランドルの冬』、『帰らざる夏』（谷崎潤一郎賞）、『宣告』（日本文学大賞）、『湿原』（大佛次郎賞）、『錨のない船』など多数。『永遠の都』で芸術選奨文部大臣賞を受賞、続編である『雲の都』で毎日出版文化賞特別賞を受賞した。
●持田叙子（もちだ　のぶこ）
1959年生れ。近代文学研究者。著書に、『朝寝の荷風』（人文書院、2005年）『荷風へ、ようこそ』（慶應義塾大学出版会、サントリー学芸賞）、『永井荷風の生活革命』（岩波書店）、『折口信夫　秘恋の道』((慶應義塾大学出版会）などがある。
●富岡幸一郎（とみおか　こういちろう）
1957年生れ。文芸評論家、関東学院大学教授、鎌倉文学館館長。主な著書に『戦後文学のアルケオロジー』、『聖書をひらく』、『川端康成　魔界の文学』などがある。
●高橋千劔破（たかはし　ちはや）
1943年生れ。作家、文芸評論家。日本ペンクラブ副会長。主な著書に『歴史を動かした女たち』、『歴史を動かした男たち』、『名山の日本史』などがある。
●福田耕介（ふくだ　こうすけ）
1964年生れ。フランス文学研究者、上智大学教授。主な論文に「遠藤周作とフランソワ・モーリヤック　テレーズ的主人公の救済」、「フランソワ・モーリヤック『火の河』における「火」と「水」の接合」などがある。

遠藤周作　神に問いかけつづける旅

2020年11月30日　初版第1刷発行

編　者―――――菅野昭正
著　者―――――加賀乙彦、持田叙子、富岡幸一郎、高橋千劔破、福田耕介
発行者―――――依田俊之
発行所―――――慶應義塾大学出版会株式会社
〒108-8346　東京都港区三田2-19-30
TEL〔編集部〕03-3451-0931
〔営業部〕03-3451-3584〈ご注文〉
〃　03-3451-6926
FAX〔営業部〕03-3451-3122
振替　00190-8-155497
http://www.keio-up.co.jp/
装　丁―――――桂川潤
印刷・製本―――中央精版印刷株式会社
カバー印刷―――株式会社太平印刷社

Printed in Japan　ISBN978-4-7664-2708-0